Verlorene Spur

Kriminal-Novelle aus der Wirklichkeit

Ludwig Habicht

copyright © 2023 Culturea éditions
Herausgeber: Culturea (34, Hérault)
Druck: BOD - In de Tarpen 42, Norderstedt (Deutschland)
Website: http://culturea.fr
Kontakt: infos@culturea.fr
ISBN:9791041909636
Veröffentlichungsdatum:Marsch 2023
Layout und Design: https://reedsy.com/
Dieses Buch wurde mit der Schriftart Bauer Bodoni gesetzt.
Alle Rechte für alle Länder vorbehalten.
ER WIRT MIR GEBEN

Der Fleischermeister Reimann zählte zu den wohlhabendsten, ja zu den reichsten Leuten der Stadt. Er war sehr lange unvermählt geblieben, denn seine Mutter hatte niemals eine passende Schwiegertochter finden können; Meister Andreas hatte richtig schon das Schwabenalter erreicht und war noch immer Junggeselle. Die Mutter wollte einmal für ihren Sohn eine Frau haben, die auch »etwas in die Suppe zu brocken« hätte, und seltsam genug, eine solche Frau wollte sich für den Andreas durchaus nicht finden. Das glänzende Geschäft, der Reichthum der Reimanns hätte wohl manches junge Mädchen angelockt, aber es war doch etwas da, woran sich Jede stieß, die vielleicht eine passende Parthie gewesen wäre – die Schwiegermutter.

Die alte Reimann war in der ganzen Stadt als schmutzig geizig bekannt; sie aß sich selbst kaum satt und ihre Leute hatten bei ihr sehr böse Tage. Sie allein hatte das Heft in Händen und Andreas stand ganz und gar unter ihrer Botmäßigkeit. Trotz seiner vierzig Jahre mußte er sich von der Mutter wie ein Knabe abmustern lassen, und bei seinem schläfrigen, schwerfälligen Temperament war er von der Alten völlig eingeschüchtert worden.

Kein Wunder, daß selbst die Beherzteste und Heirathslustigste die alte Reimann nicht als Schwiegermutter haben mochte; sie mußte auf die allerschlimmsten Tage gefaßt sein, denn von ihrem zukünftigen Manne durfte sie keine Hilfe erwarten, der war völlig unselbstständig und kroch vor seiner Mutter ängstlich zu Kreuze.

Da legte plötzlich die alte böse Frau ihr Regiment nieder und ihre grauen Augen schlossen sich für immer. Lästerzungen sagten ihr nach, sie habe aus Versehen ein hessisches Achtgroschenstück als ein Viergroschenstück ausgegeben und sich darüber zu Tode geärgert; aber das war offenbare Verleumdung, denn die durch langjährige Uebung für alle Geldmünzen geschärften Augen der Alten konnten sich gar nicht eines solchen Irrthums schuldig machen; aber sie war einmal verschieden, – ohne allen Kostenaufwand, wie sie es gewünscht hatte, zur Erde bestattet worden, und ihr Andreas war endlich von einem Drucke erlöst worden, den er freilich durch die Macht der Gewohnheit nicht einmal gefühlt hatte. Ja, der jetzt 42jährige Mann kam sich durch diesen unerwarteten Verlust recht unglücklich vor. Es war ihm, als sei er plötzlich wie von aller Welt verlassen und hilflos wie ein Kind. Und das war er auch trotz seiner

42 Jahre. Er wußte anfangs gar nicht, was er mit seiner Freiheit anfangen solle, und wie ein Kind, das immer gegängelt worden, wagte er keinen Schritt in das Leben; es war ihm immer, als stehe noch die Mutter hinter ihm und schmettere ihm mit ihrer kreischenden Stimme ihre Befehle zu.

Allmählig verlor sich die Befangenheit Meister Reimann's ein wenig. Die Noth zwang ihn, jetzt selbst Alles anzuordnen; das Geschäft auf die eigenen Schultern zu nehmen; freilich fiel es ihm unsagbar schwer und sein gründlich eingeschüchtertes unselbstständiges Wesen wurde für ihn zu einer Quelle beständiger Unruhe und Verlegenheit.

Trotzdem die alte Reimann allgemein dafür bekannt war, daß sie das von ihr verkaufte Fleisch immer sehr knapp abwog, hatte sie sich stets einer großen Kundschaft zu erfreuen gehabt; ihr Laden hatte einmal eine sehr vortheilhafte Lage, und was thut nicht die Macht der Gewohnheit?! Obwohl nun Andreas sich angelegen sein ließ, die berechtigten Eigenthümlichkeiten seines Hauses sorgsam zu pflegen und den Leuten ebenso ängstlich und knapp die Waare zuwog, übte diese Kunstfertigkeit plötzlich nicht mehr die bisherige Anziehungskraft aus. Was man der Alten so lange nachgesehen hatte, tadelte man an dem Sohne, und als Meister Andreas in dem Geiste seiner Mutter weiter wog, sah er sich zu seiner Verwunderung von den alten Kunden bald verlassen. Der Laden wurde immer leerer und leerer, und je weniger der Meister Absatz fand, je schlechter mußte nothwendig das Fleisch werden, das er für seine sich so selten einfindenden Käufer auf den Hauklotz legen konnte. Andreas Reimann's Verstand reichte nicht so weit, um die Ursache dieses räthselhaften Abfalls zu ergründen; aber es gab Freunde, die ihm sagten, er müsse heirathen, dann werde das Geschäft wieder blühen, denn für einen Fleischer gehöre eine tüchtige, schmucke Frau.

Jetzt hätte Andreas, wenn er auch ein wenig simpel und bereits ältlich war, vor manche Thüre mit heirathsfähigen Mädchen klopfen können und man würde ihm die Tochter nicht versagt haben. Wirklich war der gute Rath der guten Freunde nicht auf steinigtes Erdreich gefallen; Fleischermeister Reimann führte schon nach wenigen Wochen eine junge Frau heim; zum Verdruß so mancher mit Töchtern gesegneten Mutter – eine Fremde. Die Empörung in den Bekanntenkreisen war allgemein.

Wie der dumme Andreas so rasch zu einer Frau gekommen, wußte eigentlich Niemand; man fabelte trotzdem die wunderlichsten Dinge zusammen, und die junge Frau kam dabei am schlechtesten weg. Daß sie kein Vermögen besaß, stand fest; weniger ließen sich die dunklen Gerüchte von ihrem Leichtsinn und schlechten Ruf beweisen, und dennoch sagte man ihr herzhaft die schlimmsten Dinge nach. Sie war ja bildhübsch, höchstens 20 Jahre, wie würde sie sonst, wenn »an ihr viel gewesen« wäre, den alten Einfaltspinsel geheirathet haben?! –

Thatsache war, daß Andreas Reimann auf die Einladung eines Geschäftsfreundes hin die Viehausstellung in einer etwa zehn Meilen entfernten Stadt besucht und bei dieser Gelegenheit seine Wilhelmine kennen gelernt hatte. Spötter wußten freilich an diese Vermittelung der Bekanntschaft die boshaftesten Bemerkungen zu knüpfen; aber der gute Reimann härmte sich wenig darum, er war glücklich im Besitz seiner jungen hübschen Frau und fügte sich jetzt ebenso willig unter ihr Joch, wie früher unter das der Mutter; war es doch eine so nette weiße Hand, die es ihm auflegte.

Wenn Frau Wilhelmine mit ihren klugen blitzenden Augen, ihrem runden rosigen Gesicht und ihrem freundlichen Lächeln im Laden stand, mußten selbst die kritteligsten Leute zugestehen, daß sie eine hübsche Frau war, die ängstlich auf Sauberkeit hielt und in ihrem Benehmen etwas hatte, das über die gewöhnliche Bildung von Leuten ihres Standes hinauszuragen schien.

Trotzdem hatten die guten Kleinstädter an der stattlichen blühenden Frau viel auszusetzen. Sie sprach das reinste Hochdeutsch; das wurde überspannt gefunden; sie erschien stets im Laden äußerst sauber, ja fast elegant; das Letztere wenigstens paßte sich nicht für eine Fleischersfrau, und besonders wurde ihr Luxus und ihre Vergnügungslust getadelt.

Hätten die Augen der alten Reimann die neue Wirthschaft gesehen, sie wären ihr gewiß aus dem Kopfe gesprungen vor Wuth und Aerger; das war ja eine völlige Umwälzung, die in dem Reimann'schen Hause vor sich ging! – Zu allererst setzte es die junge Frau durch, daß der kleine dumpfige und verräucherte Laden, in dem die Reimanns ihr Vermögen zusammengerafft, um das Dreifache erweitert und zu einer freundlichen Verkaufshalle umgestaltet wurde. Dann drang sie darauf, daß auf den prächtigen, mit Marmor ausgelegten Ladentisch auch die feinsten Fleischwaaren, die stattlichsten und mannigfachsten Wurstvorräthe kamen, und die Neuheit der Sache zog zahlreiche Käufer an. Zwar behaupteten Lästerzungen, der Laden werde nur von jungen Herren besucht, mit denen Frau Reimann in der auffälligsten Weise kokettire; aber wenn auch die junge hübsche Frau jedem Käufer gern ein Lächeln schenkte, ließ sich ihr doch eigentlich Ehrenrühriges nicht nachsagen.

Ihre große Vergnügungslust erregte freilich ebenfalls den heftigsten Anstoß. Sie fehlte bei keinem Nachmittagskaffee, bei keiner Vorstellung, wenn eine Theatergesellschaft sich in die Stadt verirrte, und in jedem Konzert war gewiß die hübsche junge Frau zu bemerken, und was man am schlimmsten tadelte, sie erschien an all' diesen öffentlichen Orten ohne ihren Mann, der geduldig inzwischen sein Geschäft weiter führte und vielleicht nicht einmal den Anspruch zu erheben wagte, seine Frau zu solchen Vergnügungen zu begleiten. Er mochte es wohl selbst fühlen, daß er dahin nicht gehörte; in seiner Unbeholfenheit hätte er nur bei solchen Gelegenheiten an der Seite seiner Gattin eine traurige Rolle gespielt.

Während Meister Reimann im persönlichen Verkehr den gutmüthigen Tölpel nicht verleugnen konnte, wußte sich seine Gattin mit einer Sicherheit und einem Anstande zu bewegen und verrieth eine Bildung, die man in einer einfachen Fleischerfrau nicht gesucht hätte.

Zwei Jahre lebte das wunderliche Paar sehr glücklich und in vollster Zufriedenheit mit einander. Alle Prophezeiungen, daß dieser Ehebund nicht von Bestand sein würde, bewahrheiteten sich nicht; im Gegentheil zeigte das breite rothe Gesicht Reimann's, auf dem geistige Beschränktheit deutlich geschrieben stand, so viel Glückseligkeit, als nur darauf Platz hatte. Seine hübsche junge Frau hielt ihn zwar auch etwas kurz und gründlich unterem Pantoffel; aber ihr Regiment erschien ihm doch süß und angenehm, im Vergleich zu dem seiner seligen Mutter. Andreas Reimann war stolz darauf, daß es ihm noch geglückt, in den Besitz einer solch reizenden jungen Frau zu kommen, die überall Bewunderung erregte, wo sie erschien, und die sich so geschickt zu benehmen wußte wie eine vornehme Dame.

Was brauchte auch Meister Andreas weiter zu seinem Glück? Das Geschäft blühte wieder; er hatte den ganzen Tag vollauf Arbeit, und wenn er nur einmal in den Laden treten konnte und sein liebes Weibchen darin so sauber und manierlich herumwirthschaften sah, war er schon vollkommen befriedigt. Die Wirthschaft kostete freilich viel Geld; er war von der Mutter her an die größte Einfachheit und Sparsamkeit gewöhnt; aber wenn sie ihm mit ihren blühenden Lippen aus einander setzte, wie nothwendig das Alles sei, war er gern zufrieden. Sie suchte niemals mit Heftigkeit ihren Willen durchzusetzen und erreichte doch jeden ihrer Wünsche, sobald sie ihrem Manne nur auf die Wange klopfte und lächelnd sagte: »Du bist ja mein guter Andreas.« – Dann hätte der gute Andreas seinen dicken Kopf hergegeben, wenn sie ihn verlangt, so nothwendig ihm der Besitz desselben sonst auch schien.

Und diese glückliche Ehe nahm mit einem Schlage ein jähes Ende.

Meister Reimann war in einen etwa zwei Meilen entfernten Nachbarort gegangen, um sich dort das Geld einer gekündigten Hypothek zu holen, und – kam nicht wieder. Er war sehr früh fortgegangen und hatte seine Rückkunft schon für den Nachmittag bestimmt, und war sonst bei solchen Gelegenheiten die Pünktlichkeit selbst.

Als Andreas zur angegebenen Stunde nicht zu Hause eintraf, wurde seine Frau sogleich unruhig. Er hatte ja mehrere tausend Thaler bei sich und vielleicht war ihm irgend etwas zugestoßen? Es wurde Abend und ihr Mann kam noch immer nicht. Nun konnte sie ihre Besorgniß nicht länger beherrschen. Auch der Geselle war über Land gegangen und nur der Lehrling zu Hause, ein Bursche von 19 Jahren. Gustav Hammerschmidt hatte bereits mehrere Meister gehabt und nirgends ausgehalten, oder vielmehr seine Lehrherren hatten ihn stets als völlig unbrauchbar fortgejagt. Seine an Blödsinn grenzende Beschränktheit schien ihn zur Erlernung irgend eines Handwerks völlig unbrauchbar zu machen. Vor länger als einem Jahre war er zu Meister Reimann in die Lehre gekommen, und hier endlich fand er die rechte Verwendung. Es war ordentlich, als habe ihm bisher nur der passende Platz gefehlt, wo er seine schlummernden Fähigkeiten zeigen und beweisen könne, daß er gar nicht so dumm sei, wie ihn die Leute stets gehalten. Er erwies sich für das Fleischerhandwerk merkwürdig anstellig, lernte ungewöhnlich rasch die nöthigen Handgriffe und entfaltete einen Eifer, den man bei dem früher so trägen Burschen am wenigsten gesucht hätte.

Meister Reimann war mit Gustav Hammerschmidt sehr zufrieden; vielleicht gewährte es ihm auch eine Genugthuung, daß sein Lehrling so geistig beschränkt war; im Vergleich zu ihm mußte er sich doch bedeutend klüger vorkommen. Dazu trat noch der gute Wille und die Pflichttreue des Burschen; aber die meiste Anhänglichkeit bewies er doch für seine schöne Meisterin; an ihr hing er mit einer außerordentlichen Ergebenheit. Er war aufmerksam für jeden ihrer Winke und sein gutmüthiges dummes Gesicht begann wunderbar zu glänzen, sobald er von ihr das kleinste Lob erhielt.

Als der Abend hereinbrach und Andreas noch immer nicht zurückkehrte, rief Frau Reimann Gustav herbei und gab ihm die nöthigen Weisungen, um nach dem Verbleib des Meisters zu forschen.

Trotz seiner sonstigen geistigen Beschränktheit schien er sogleich zu begreifen, welch wichtiger Auftrag ihm zu Theil geworden, und er lauschte aufmerksam jedem Wort der Meisterin, um sich ihre Befehle ja recht einzuprägen und sie gewissenhaft auszuführen.

»Hast Du mich auch verstanden?« fragte sie, nachdem sie ihm ganz sorgfältig aus einander gesetzt, was er zu thun habe.

Er grinste sogleich wohlgefällig vor sich hin: »Ja, Frau Meisterin!« Das lange Ausbleiben seines Lehrherrn schien ihm wenig Sorge zu machen; er nahm die Nachricht ziemlich gleichgiltig auf.

Frau Reimann ließ sich noch einmal von dem Burschen wiederholen, was er zu thun habe, und als er ihrem Verlangen mit großer Sicherheit nachkam, sagte sie ein wenig beruhigt: »Nun, es ist gut, ich verlasse mich also auf Dich; aber wirst Du Dich auch nicht fürchten, Dich jetzt so spät noch auf den Weg zu machen?«

Der breite Mund des Lehrlings verzog sich zu einem Lächeln: »Ach, ich hab' schon als kleiner Junge in der Nacht herumlaufen müssen.«

»Nun gut, Gustav, gib Dir Mühe und sieh, wo mein Mann geblieben ist.«

»Ich will schon, Frau Meisterin,« versprach der Bursche und reichte ihr wie zur Betheuerung seine große derbe Hand hin.

Frau Reimann ergriff dieselbe nicht und sagte nur: »Schade, daß der Geselle den Packan mit auf's Land genommen hat. Der Hund würde am ehesten meinen Mann aufspüren.«

»Ich werd's auch schon können,« versicherte Gustav, und über sein sonst so dummes Gesicht huschte ein verschmitztes Lächeln.

Der junge Bursche war ungewöhnlich rasch angekleidet, und mit einem tüchtigen Stock bewaffnet, steuerte er bald darauf in die Abenddämmerung hinaus.

Frau Reimann schloß heute selbst den Laden und ging dann in ihre Wohnstube zurück. Vergeblich suchte sie die innere Unruhe zu beschwichtigen und sich einzureden, daß sie sich ganz umsonst ängstige und ihr Mann am anderen Morgen wohlbehalten zu Hause eintreffen werde. Die unheimlichsten Ahnungen quälten sie und sie wurde den Gedanken nicht los, daß irgend etwas Schlimmes, Furchtbares geschehen sei. – Bei jedem leisesten Geräusch horchte sie auf. Vielleicht kam er dennoch; aber es schlug Mitternacht und sie war noch immer allein.

Es war im Sommer; aber sie empfand nichts von der Hitze; ihr war es vielmehr, als müsse ihr das Blut in den Adern erstarren. Ein Frösteln durchschüttelte ihren Körper und sie suchte endlich das Bett auf; dennoch kam kein Schlaf in ihre Augen; ja die Vorstellungen, die sie heimsuchten, wurden immer dunkler und herzbeklemmender. Erst am Morgen fand sie den Schlummer und die Magd war nicht wenig erstaunt, daß die Meisterin so ungewöhnlich lange schlief. Ihr hatte Frau Reimann gar nicht ihre Sorge um die verspätete Heimkehr des Mannes mitgetheilt; sie wollte wo möglich jedes unnütze Geschwätz vermeiden und hatte auch Gustav anbefohlen, über ihren Auftrag noch zu schweigen. Es fanden sich schon Käufer ein und die Magd mußte sich endlich entschließen, ihre Herrin zu wecken; und nun malte sich in dem derben rothen Gesicht der Ersteren eine noch größere Verwunderung, als die junge Frau sogleich nach ihrem Manne fragte, und auf die Antwort der Magd, der sei ja noch nicht zurück, bestürzt erklärte: »Dann bleibt heute der Laden geschlossen.«

Das war doch sehr wunderlich! Weil der Meister nicht so rasch zurückkam, wie sie vielleicht gedacht, ließ die junge Frau den Laden gar nicht öffnen. Sie war schon etwas überspannt, das mußte wahr sein. Was nur die Leute sagen würden? –

Wirklich erregte dieser sonderbare Umstand in der kleinen Stadt das größte Aufsehen, und bald verbreitete sich durch die plaudernde

Magd das Gerücht von dem eigentlichen Grunde dieser seltsamen Maßregel.

Viele lachten über die Aengstlichkeit der jungen Frau; Andere meinten, es sei nichts weiter als Verstellung, denn wie könne sie um den Verbleib eines solchen Mannes so besorgt sein, sie habe ja sonst wenig nach ihm gefragt; noch Andere waren einfach empört, heute nicht ihre Fleischwaaren bekommen zu können und nannten die Geschichte eine alberne Komödie; Frau Reimann wolle sich nur interessant machen und einmal rechtes Aufsehen erregen.

Wunderlich blieb es auch, daß die junge Frau nichts weiter that, um nach dem Verbleib ihres Mannes zu forschen. Sie hätte doch zu allererst der Polizei davon Anzeige machen sollen; aber als die Magd dies vorschlug, entgegnete sie rasch abwehrend: »Nein, nein, das nutzt ja doch nichts, und was würde mein Mann sagen, wenn ich ihn mit der Polizei suchen ließe und er doch bald glücklich zurückkäme?!« Daß sie durch das Schließen des Ladens die ganze Stadt doch in Aufruhr gebracht hatte, schien sie ganz vergessen zu haben; es war ohnehin, als habe die sonst so kluge und sorglos in den Tag hinein lebende Frau völlig den Kopf verloren. Sie schloß sich in ihr Zimmer ein, ließ sich von Niemand sprechen, und die an der Thüre horchende Magd konnte deutlich abgerissene Klagelaute und Seufzer hören.

Der Tag ging hin und Meister Reimann fand sich noch immer nicht ein. Nun wurden auch die Leute der Nachbarschaft unruhig und glaubten, daß ihm irgend etwas zugestoßen sei. Man erschöpfte sich in Muthmaßungen und begriff nicht, warum Frau Reimann sich so still verhielt und gar nichts weiter zur Ermittelung veranlaßte, denn Niemand wußte etwas von der Abschickung des Lehrlings.

Erst nach Einbruch der Nacht kehrte Gustav zurück, tief niedergeschlagen und ganz verstört. Frau Reimann hatte ihn sogleich in ihr Zimmer rufen lassen, und auf ihre hastigen Fragen vermochte er anfangs kein Wort hervorzubringen, sondern schüttelte nur traurig mit dem Kopfe.

»Du hast also keine Spur von ihm entdeckt? So erzähle doch!« drängte sie, und nun preßte er mühsam mit feuchten Augen hervor: »O, Frau Meisterin, ich hab' ihn nirgends gesehen.«

»Meine Ahnung!« murmelte die junge Frau und bedeckte das Gesicht mit ihren Händen.

Den jungen Burschen schien der Schmerz seiner Meisterin tief zu ergreifen, und man konnte es ihm ansehen, wie wehe es ihm that, daß er keine besseren Nachrichten mitgebracht.

»Ich hab' mir wirklich Mühe gegeben,« begann er nach einem tiefen Seufzer, »ich bin kreuz und quer gelaufen, hab' alle Leute unterwegs gefragt; aber es hat ihn gestern Niemand mehr gesehen.«

»Und ist der Meister überhaupt in Neustadt gewesen?« fragte die junge Frau endlich von Neuem, nachdem sie ihre Fassung ein wenig wiedergewonnen hatte.

»Ja, er ist dort gewesen,« antwortete Gustav; »ich bin zuerst zum Schmied Herbig gegangen, wie Sie mir gesagt haben. Da kam ich schon heut' Morgen in der vierten Stunde an. Der wunderte sich nicht wenig, als ich ihn so früh herausklopfte,« und jetzt erheiterte sich das betrübte Gesicht des Burschen; er mochte an das Erstaunen denken, mit dem ihn der ehrliche Schmiedemeister empfangen hatte.

Noch niemals war Frau Reimann die Dummheit des Burschen so widerwärtig gewesen, als in diesem Augenblicke. »Und was sagte er?« forschte sie unwillig und mit gerunzelter Stirn weiter.

Trotz seiner großen Beschränktheit mußte Gustav den aufsteigenden Zorn der Frau bemerkt haben, denn seine geistlosen Züge nahmen wieder den Ausdruck der Betrübniß an: »Er sagte, daß er dem Meister beim Advokaten die 5000 Thaler ausgezahlt habe und daß der Meister schon in den Nachmittagsstunden fortgegangen sei; nach seiner Berechnung hätte er müssen am Abend wieder zu Hause sein.«

Frau Reimann entgegnete nichts; sie ließ sich in einen Stuhl zurücksinken und verharrte in finsterem Hinbrüten lange Zeit, ohne den vor ihr stehenden Burschen zu beachten, der sie, trotz seines sonstigen Stumpfsinns, voll Mitleid betrachtete. Auf Gustav Hammerschmidt hatte die Schönheit der jungen Frau stets einen merkwürdigen Zauber ausgeübt; seine ausdruckslosen Augen belebten sich, sobald er sie nur sah, sein dummes Gesicht erhielt dann einen Schimmer von Intelligenz, und wenn sie ihm etwas befahl, begriff er es auf der Stelle und führte es ebenso schnell wie gewissenhaft aus. Wie gern hätte er der guten schönen Frau eine bessere Nachricht gebracht.

Als sie noch immer schwieg, begann er endlich von Neuem: »Ja, Frau Meisterin, ich kann's mir nicht denken, wo er plötzlich hingekommen ist; ich hab' Jeden unterwegs gefragt und den Meister ganz genau beschrieben; aber einen solchen Mann hat halt Niemand gesehen.«

Die junge Frau erhob endlich den Kopf; sie strich mit der Hand über ihre Stirn, als wolle sie ihre Gedanken sammeln. »Dann mußt Du doch,« begann sie endlich, und die Worte kamen mühsam von ihren Lippen; sie hielt inne, stand auf und wanderte in heftiger Aufregung durch das Zimmer, von Neuem nach einem Entschlusse ringend.

Der junge Bursche wartete geduldig, bis sie ihren Befehl vollständig ertheilen würde, und seine Blicke folgten wieder voll Mitleid der Meisterin, auf deren Antlitz sich die furchtbarsten Seelenkämpfe abspiegelten. Jedem Anderen gegenüber würde sich Frau Reimann vielleicht mehr beherrscht haben; aber die Anwesenheit dieses guten dummen Menschen legte ihr weiter keinen Zwang auf und so überließ sie sich ganz den Empfindungen, die auf sie einstürmten. Endlich schien sie zu einem Entschluß gekommen zu sein; sie athmete noch einmal tief auf, dann sagte sie mit gepreßter Stimme, sich wieder zu dem Lehrling wendend: »Geh' augenblicklich zur Polizei und mache die Anzeige, daß mein Mann spurlos verschwunden ist. Geh'!« setzte sie hinzu, als wolle sie seine weiteren Fragen abschneiden, und winkte ihm mit der Hand, dann sank sie wie gebrochen wieder auf den Stuhl zurück.

Gustav gehorchte und schlich leise, ohne ein Wort zu entgegnen, aus dem Zimmer.

Auch der Polizei gelang es nicht, den Schleier zu lüften, der über dem Schicksale Meister Reimann's ruhte, seitdem er die Nachbarstadt an jenem verhängnißvollen Tage verlassen hatte. Nur so viel war ermittelt worden, daß Reimann die 5000 Thaler von dem Schmiedemeister in Papiergeld erhalten und dieser sich die Scheine bei einem Kaufmanne in Gold umgewechselt hatte. Das hatte ihn doch länger aufgehalten, und er war dann erst beim Einbruch des Abends aus der Stadt hinausgegangen. Seitdem wußte Niemand eine weitere Auskunft zu geben; vielleicht hatte man auf den fremden Mann nicht geachtet. – Merkwürdig blieb es freilich, daß Reimann die erhaltene Summe erst umgewechselt hatte; als Geschäftsmann mußte ihm doch das gute Papiergeld ebenso lieb und bequem sein; aber seine Gattin gab bei ihrer Vernehmung hierüber die Auskunft, daß ihr Mann eine große Vorliebe für Gold gehabt und sich des Papiergeldes stets rasch zu entledigen gesucht habe.

Drei Tage vergingen und Fleischermeister Reimann blieb verschwunden; auch nicht die geringste Spur über seinen Verbleib ließ sich entdecken. Ein bloßes Unglück konnte ihm schwerlich zugestoßen sein; hier mußte entschieden ein Verbrechen vorliegen.

Die Landstraße zwischen den beiden Städten bot selbst zur Nacht keine Gefahren. Ein Abirren von der ziemlich breiten Fahrstraße war fast unmöglich und seit Menschengedenken hatte hier die größte Sicherheit geherrscht. Ein Raubanfall war niemals vorgefallen, obwohl der Weg durch eine ziemlich einsame Gegend führte und dicht hinter Neustadt ein Wald begann, der sich beinahe eine halbe Stunde lang hinzog und für die Ausführung irgend eines Verbrechens einen ziemlich sicheren Schauplatz bot.

Meister Reimann's Aeußeres, seine mehr als bescheidene Kleidung, hätte schwerlich Jemand auf den Gedanken gebracht, daß er es mit einem reichen Manne zu thun habe und Tausende bei ihm zu finden seien; er hatte durch seine Erscheinung allein gewiß Niemand zu einem Raubmorde angelockt; hier konnte schwerlich ein Gelegenheitsverbrechen vorliegen; wenn Reimann wirklich heimlich ermordet und bei Seite geschafft worden, war es gewiß von Leuten geschehen, die von dem Umstande Kenntniß hatten, daß Meister Andreas sich zu jener Zeit im Besitz einer ziemlich beträchtlichen Summe befand. Wer aber wußte diesen Umstand und konnte davon Nutzen gezogen haben?!

Die seltsamsten Gerüchte tauchten auf; bald lenkte sich der Verdacht auf Diesen, bald auf Jenen; aber irgend etwas Greifbares stellte sich nicht heraus. Nur der Polizei-Inspektor der kleinen Stadt, ein noch junger, feuriger Mann, hatte bereits über die dunkle Geschichte seine eigenen Gedanken und suchte sie zu verfolgen. Sein Argwohn lenkte sich auf den Gesellen Reimann's, August Rothe; dieser war ein wüster, ein wenig dem Trunk ergebener Mensch, der trotzdem schon mehrere Jahre bei Meister Andreas in Arbeit stand, weil sich derselbe wegen seiner sonstigen Tüchtigkeit auf ihn verlassen konnte. Er war, kurz nachdem der Meister das Haus verlassen, ebenfalls über Land gegangen, um Einkäufe zu machen, und erst am Mittag des folgenden Tages zurückgekehrt, und hatte nichts weiter mitgebracht, als ein einziges Kalb. Die Absicht seines Meisters und daß derselbe sich in Neustadt ein Kapital von 5000 Thaler holen wolle, war ihm freilich nicht bekannt gewesen; aber schon bei seiner ersten Vernehmung verwickelte sich August Rothe in Widersprüche, und er vermochte keinen rechten Grund anzugeben, warum er nicht noch an demselben Abend zurückgekehrt sei, wie sein Meister ausdrücklich bestimmt hatte. Für seine lange Abwesenheit war sein Einkauf doch recht unbedeutend gewesen. Er hatte nicht einmal abzuleugnen gewagt, daß er auf seinem Geschäftsgange die Richtung nach Neustadt eingeschlagen und sich in den an jener Landstraße gelegenen Dörfern aufgehalten habe. War es nicht sehr leicht möglich, daß er mit seinem Meister zusammengetroffen und den Arglosen ermordet und beraubt habe?! – Dem wüsten, rohen, dem Trunk ergebenen Menschen war eine solche That am ehesten zuzutrauen.

Auf die vielen Fragen des jungen Polizei-Inspektors gab er immer trotzigere Antworten, und mehrmals rief er mit finsterm Auflachen: »Ja, warum wollen Sie das Alles wissen? Zuletzt glauben Sie wohl gar, ich hab' mir den Meister in die Rocktasche gesteckt?«

Der Beamte verwies ihm zwar solche Frechheit; aber auf den wüsten Gesellen machte es wenig Eindruck: »Nun, thun Sie nicht, als ob ich's ganz genau wissen müßte, was aus ihm geworden?« murrte August mißmuthig.

»Wäre das so unmöglich?!« fragte der Inspektor, und seine scharfen Augen ruhten durchdringend auf dem Menschen, der darüber in ein noch lauteres Gelächter ausbrach: »Das ist lustig! Da sind Sie aber gründlich auf dem Holzwege!«

»Wenn Sie sich nicht endlich anständiger betragen, werde ich Sie auf der Stelle verhaften lassen!« drohte der Beamte.

August Rothe machte ein sehr erstauntes Gesicht; er schien gar nicht zu begreifen, daß der Mann sein Auftreten unanständig finden könne. »Was thu' ich denn?« rief er trotzig; »Sie wollen mich zum Raubmörder machen, das seh' ich ja, da muß ich mich doch wehren!« Er stemmte seine Arme unter und pflanzte seine vierschrötige

Gestalt vor dem Inspektor noch breiter hin, als wolle er ihm zeigen, daß er sich nicht einschüchtern lasse.

»Noch ist es nicht so weit; aber Sie haben mir manche Fragen unvollständig und andere bald so, bald so beantwortet.«

»Weil Sie mich um Ihren vielen Fragen ganz verdreht machen. Da soll ich noch wissen, wo ich überall und wie lange ich gewesen bin und was ich dort getrieben habe. Na, schicken Sie doch auf die nächsten Dörfer, da können Ihnen ja die Bauern Alles sagen; ich hab' mir's nicht behalten, mit wem ich alles einen Schnaps getrunken; denn beim Viehhandel muß man immer einen trinken, sonst wird man mit den Kerlen gar nicht fertig.«

»Dann geben Sie mir noch einmal genau und ruhig an, welchen Weg Sie genommen haben.«

Rothe nannte einige Dörfer, die freilich von der nach Neustadt führenden Straße ziemlich entfernt waren; aber auf das Drängen des Inspektors mußte er auch noch Orte angeben, die es gar nicht unmöglich machten, daß er dem heimkehrenden Reimann begegnet sei; aber der rohe Mensch gerieth von Neuem in die größte Aufregung, als er wohl bemerken konnte, daß all' die Fragen des Beamten nur darauf hinlenkten, ihn irgendwie einzufangen. Dazu war August Rothe doch viel zu gerieben, um diese Absicht nicht zu durchschauen. »Machen Sie mich nicht fuchswild!« rief er wüthend und erhob wie drohend die Faust. »Ich bin grob, aber ehrlich und hab' noch Niemanden eine Stecknadel genommen. Wenn ich meinen Meister bestehlen gewollt, dann braucht' ich ihn noch gar nicht auf der Straße todt zu schlagen; er hatte immer Geld genug zu Hause. Ich will ein Schurke sein, wenn mir nur ein solch schlechter Gedanke gekommen ist,« und er hob wie zur größeren Betheuerung die Hand; dabei streifte sich der Aermel seines Rockes zurück und auf dem jetzt sichtbar werdenden Hemde zeigte sich ein frischer Blutflecken.

Der Beamte fragte sogleich mit großer Hast: »Was haben Sie da? Wie sind Sie dazu gekommen?« und er wies auf den blutbefleckten Hemdärmel.

August schien den Blutfleck erst jetzt zu bemerken und ihn ruhig betrachtend, sagte er mit unbefangenem Trotz: »Na, was ist denn da dabei? Ich hab' dem Schulzen in Kranz ein Schwein gestochen, weil er mich drum bat, und warum hätt' ich nicht das gute Trinkgeld mitnehmen sollen?«

Ohne auf diese Ausrede etwas zu entgegnen, klingelte der Polizei-Inspektor, und ein Stadtwachtmeister trat herein: »Führen Sie den Mann dort ab und« –

Weiter kam er nicht, denn Rothe schrie sogleich zornig aus: »Na, das fehlte mir noch, ich lasse mich nicht einsperren,« und er nahm eine drohende Stellung an.

»Seien Sie vernünftig,« ermahnte der Beamte. »Wollen Sie sogleich in Ketten gelegt werden? Sobald Sie den geringsten Widerstand leisten, müssen wir ebenfalls Gewalt brauchen.«

»Aber ich bin unschuldig, und ich weiß besser, wie mein Meister verschwunden ist.« –

Der junge Beamte mochte durch die langwierige Verhandlung ermüdet sein und wollte sich mit dem rohen Burschen nicht weiter einlassen; er wandte sich mit den leisen Worten zu dem Wachtmeister: »Die sicherste Zelle und bringen Sie seine sämmtlichen Kleider zurück, auch das Hemd,« dann winkte er mit der Hand und der noch immer lärmende und polternde Geselle wurde abgeführt. Er leistete wenigstens keinen offenen Widerstand und begnügte sich mit Betheuerungen und Verwünschungen, die Niemand weiter beachtete.

Die gegen August Rothe eingeleitete Untersuchung hatte dennoch keinen Erfolg. Seine Angaben stellten sich doch als wahrheitsgetreu heraus; er hatte wirklich in Kranz das Schlachten eines Schweines übernommen und sich dabei so betrunken, daß man ihn in völlig sinnlosem Zustande in eine Kammer geschleppt, wo er die ganze Nacht zugebracht. Erst spät am andern Tage war er aufgebrochen, und die kurze Zeit, die er bis zu seiner Rückkehr gebraucht, bewies, daß er scharf zugeschritten und unterwegs nicht den kleinsten Aufenthalt genommen haben konnte.

Wenn Reimann überhaupt ermordet worden, dann war es nur in der Nacht geschehen, denn am Tage war doch die Landstraße viel zu belebt, als daß ein solcher Raubmord möglich gewesen wäre, und da der Geselle schon in den Mittagsstunden in Kranz eingetroffen und nachweislich bis zum andern Tage dort geblieben war, so mußten die letzten Zweifel an seiner Unschuld völlig schwinden.

Als ihm der Inspektor den für ihn günstigen Verlauf der Untersuchung anzeigte und ihm seine Entlassung aus dem Gefängniß mittheilte, lachte August höhnisch auf: »Hab' ich Ihnen nicht gleich gesagt, daß Sie auf dem Holzwege sind? Sie wollten mir's aber nicht glauben. Ich weiß besser, wer meinem Meister das Lebenslicht ausgeblasen hat,« und der rohe Geselle nahm eine sehr geheimnißvolle Miene an.

»Warum haben Sie nicht gleich davon gesprochen, wenn Sie wirklich etwas wissen?« fragte der Inspektor vorwurfsvoll.

»Haben Sie mich denn zu Worte kommen lassen? Sie wollten mich nun einmal zum Mörder machen, aber daraus wurde nichts. Einen Menschen todtschlagen und noch dazu meinen Meister, fällt mir gar nicht ein!«

»Dann reden Sie endlich, wenn Ihnen über das Verschwinden des Herrn Reimann etwas bekannt ist,« drängte der Beamte, aber dabei dennoch einen sehr freundlichen Ton anschlagend.

»Na und ob!« lachte Rothe. »Hätten Sie nur gleich so vernünftig mit mir geredet, dann wären Sie schon längst auf der rechten Spur.«

Obwohl sich der junge Polizei-Inspektor sagen konnte, daß er gegen den rohen Menschen sich sehr schonend gezeigt hatte, nahm er den Vorwurf ruhig hin und blickte nur voll Erwartung auf den Gesellen, der sich völlig bewußt schien, welch' überlegene Stellung er plötzlich gewonnen hatte, denn er schaute auf den Beamten mit einem wahrhaft triumphirenden Lächeln. »Ich hab' mir gleich gesagt, so wird's sein und nicht anders,« fuhr Rothe fort, »aber da sollt' ich nun einmal der Mörder gewesen sein!« Er konnte sich noch immer nicht beruhigen, daß auf ihn dieser Verdacht gefallen war.

Da er nicht unterbrochen wurde, begann er von Neuem: »S'ist eine wunderliche Geschichte und ich möchte sie Ihnen nicht erst erzählen, denn am Ende glauben Sie mir doch nicht.«

»Warum sollte ich nicht?« entgegnete der Inspektor ruhig. »Ich setze in Ihre Wahrheitsliebe keinen Zweifel mehr.«

Trotz seiner Rohheit schien dem Menschen dies Anerkenntniß lieb zu sein; denn seine finsteren Züge hellten sich auf.

»Ich will Ihnen Alles sagen, was ich weiß, Sie können sich ja dann einen Vers daraus machen,« begann er in einem weit gemüthlicheren Tone. »Der Meisterin wird es freilich nicht lieb sein, daß ich davon schwatzt', aber ich mach' mir nichts draus. Ja, sehen Sie mich immer verwundert an,« fuhr er fort, als er die erstaunten Blicke des Beamten bemerkte; »die hätten Sie nur auf's Gewissen treiben sollen, dann würde sie Ihnen schon den ganzen Kram gestanden haben.«

»Frau Reimann hat nicht das Mindeste über das geheimnißvolle Verschwinden ihres Mannes ausgesagt,« entgegnete der Inspektor.

»Das glaub' ich schon. Sie wird sich auch hüten; aber sie weiß doch recht gut, wer ihren Mann um die Ecke gebracht hat,« behauptete der Gesell mit großer Sicherheit. »Ja, das kann ich ruhig sagen,« fuhr Rothe fort, »ich weiß mehr als sie denkt, denn der Meister hat mir ja in seiner Angst alles ausgeplauscht.«

Nun wurde der Polizeibeamte immer gespannter; er wagte jedoch die Erzählung des rohen Menschen mit keinem Wort zu unterbrechen.

»S'ist eine wunderliche Geschichte,« begann August von Neuem. »Es mag wohl eine Woche her sein, ich steh' allein im Laden, da kommt ein junger hübscher Mann mit einem prächtigen Schnurrbart und frägt hastig nach dem Meister. Ich sag' ihm, daß er im Hofe ist und er geht gleich hinter; na, ich kümmert' mich nicht weiter um den Menschen, denn ich hatte noch im Laden zu thun, weil die Meisterin g'rad nicht da war. Es mochte wohl eine Stunde vergangen sein, da will ich endlich den Meister holen, weil ich fort mußt'; ich geh' in den Hof und seh' noch immer den Fremden mit meinem Meister zusammenstehen und heftig mit einander reden. Der Meister sprach eigentlich gar nicht; er stand ganz kreidebleich da und zitterte wie ein Espenlaub, während der Andere immer in ihn hineinredete und dabei mit dem Arm focht. Wie ich in den Hof trat, drehte sich der junge Mann nach mir um und als er mich mit seinen dunklen funkelnden Augen erblickte, hörte er plötzlich in seinem wüthenden Reden auf und sich zu dem Meister wendend, sagte er nur noch: ›Sie wissen also jetzt meine Meinung und haben sich darnach zu richten,‹ dann stürzte er fort und so hastig an mir vorüber, daß er mich beinah' umgerannt hätte. ›Was wollte denn der Herr?‹ fragte ich ganz verwundert; aber der Meister ließ tief betrübt den Kopf hängen und gab keine Antwort.

»Zwei Tage darauf hörte ich in der Wohnstube heftiges Sprechen,« erzählte August nach kurzer Pause weiter. »Es war Sonntag und Niemand im Hause, als der Meister und die Frau. Ich konnt' deutlich die scharfe helle Stimme des Fremden hören, der sprach fast allein, und dann die Meisterin, die nur laut weinte; ich mocht' nicht horchen. Was ging mich denn die Geschichte an? Der fremde Herr blieb wohl über eine Stunde und als ich ihm jetzt im Hause begegnete, konnte ich mir ihn weit deutlicher betrachten. Es war wirklich ein hübscher Mensch, groß und stark, mit ein paar Augen im Kopfe, die nur so funkelten. Er ging ganz g'rade, in strammer Haltung, und ich will wetten, er hat beim Militär gestanden. Sein Gesicht war noch blutroth vor Wuth und er murmelte etwas in seinen Schnurrbart, was ich nicht verstand.

»Schon seit dem ersten Besuch des Fremden war der Meister wie verwandelt; er ging ganz trübsinnig umher und sprach mit Niemand fast ein Wort; seit dem Sonntag aber wurde es noch schlimmer; er war ganz ängstlich und hatte nirgends Ruhe. Am Montag Abend, als schon Alles zugeschlossen, war er ganz allein in seinem Laden geblieben und wie ich durch die Scheiben seh', hat er den Kopf auf den Tisch gelehnt und ich denk', er ist unversehens eingeschlafen, denn er rührte sich nicht. Das war mir merkwürdig, sonst durfte doch das Gas im Laden niemals unnütz brennen und da ich den Meister noch was zu fragen hatte, ging ich hinein. Wie ich die Thüre aufmach', erhebt er den Kopf und nun seh' ich, daß er bitterlich geweint hat. Er wischte sich auch gar nicht erst das Gesicht ab, sondern weinte noch immer fort, als ich ihn schon anredete und fragte, was ihm fehle? Ja, da fing er erst recht an zu schluchzen, und wie ich ihn trösten will – denn der Meister war doch ein ganz guter Kerl, wenn auch ein Bischen genau – da steht er auf und ruft bitterlich weinend: ›O August, ich bin zu unglücklich!‹

»›Na, Meister, das haben Sie doch nicht nöthig. Wer so reich ist wie Sie und ein solch' schönes Geschäft hat, der braucht doch wahrhaftig nicht unglücklich zu sein,‹ tröst' ich ihn, und hatt' ich nicht Recht?« wandte sich der Gesell zu dem Polizei-Inspektor, und ohne dessen Antwort abzuwarten, fuhr er lebhaft in seiner Erzählung fort:

›Meine Frau,‹ schluchzte der Meister. ›Na ja, Ihre Frau,‹ sag' ich, ›da können Sie doch stolz sein; eine so junge hübsche Frau, wenn ich die hätt', da wollt' ich schon lachen.‹

›Das ist's eben,‹ stammelt der Meister. ›O August, wenn Du wüßtest!‹ und der Meister schluchzte wieder, als sollt's ihm das Herz abstoßen.

»Das that mir doch leid,« fuhr der Gesell in seiner Erzählung fort. »Ich hab' mich manchmal im Stillen geärgert, daß ein so dummer Kerl wie mein Meister so viel Glück hat, denn ein Bischen dumm ist er, das werden Sie wohl selbst wissen, Herr Inspektor, das weiß ja die ganze Stadt,« unterbrach sich Rothe; »und wer ihn, wie ich, erst näher kennt, der merkt erst, daß er mit Grütze gepäppelt ist.«

Als ihn der Beamte wegen dieses Ausdrucks verwundert ansah, fuhr August mit seinem gewohnten rohen Auflachen fort: »So sagte immer mein Nebensgeselle, der ein echtes Berliner Kind war und der bei unserem Meister auch nicht lange geblieben ist.«

Der Inspektor konnte seine Ungeduld doch nicht länger unterdrücken. »Was war nun die eigentliche Ursache von der Verzweiflung des Herrn Reimann?« fragte er rasch.

»Warten Sie nur, das wollt' ich ja eben erzählen,« entgegnete Rothe und begann in seiner breitspurigen Weise von Neuem: »›Na, Meister, geben Sie sich nur zu gute,‹ sag' ich, ›was kann denn Ihnen Schlimmes passiren?‹ – ›Hast Du ihn nicht gesehen?‹ fragte er und sah mich ganz verstört an. Ich nickte mit dem Kopfe, denn ich verstand gleich, wen er meinte. ›Freilich, na, was will denn eigentlich der Mensch?‹ und wie ich so frag', sieht sich der Meister ganz ängstlich um und sagt leise: ›Meine Frau!‹ Dann weint er wieder wie ein Kind.

»Na, denk' ich, der wird sich in die Meisterin verliebt haben, kann's ihm nicht verargen; aber wenn ich ihr Mann wär', schmiß' ich ihn einfach zur Thür hinaus, und das sagt' ich auch dem Meister, obwohl ich schon wußte, daß er nicht so viel Courage hat.

»›Ja, Du hast klug reden,‹ murmelte er und weint wieder drauf los, und wie ich ihn wieder trösten will, da jammert er noch mehr und schluchzt: ›Das kann nur alles nicht helfen. Ich soll mich von meiner Frau scheiden lassen, oder es wird nicht gut.‹

»Da mußt' ich doch lachen. ›Meister,‹ sag' ich, ›das ist ja Dummheit, das brauchen Sie doch nicht!‹ – ›Ich fürcht' mich vor ihm,‹ jammert

der arme gute Kerl und sieht sich wieder ganz ängstlich um, als hätt'
ihn Einer schon beim Kragen, und als ich dazu nur lach', flüstert der
Meister noch ängstlicher: ›Du würdest nicht lachen, wenn Du gehört,
wie er mir gedroht hat. Einer von uns muß aus der Welt, das hat er
mir schon zum zweiten Mal erklärt und geschworen, daß er Wort
halten will.‹

›Dummes Zeug,‹ such' ich dem Meister einzureden. ›Da brauchen Sie
sich doch nicht zu fürchten. Das schwatzt so ein Mensch und denkt
sich nichts dabei. Der Mann sah ja ordentlich vornehm aus, der wird
Ihnen sein Lebtag nichts thun.‹

›Ja, das denkst Du,‹ murmelt der Meister, ›aber Du weißt ja gar nicht
alles,‹ und der Meister weint wieder herzhaft drauf los. Mir war's fast
zum Lachen. So dumm hätt' ich mich nicht benommen und ich bin
nur ein einfacher Gesell. Er sah sich wieder ganz scheu um und
flüsterte mir in's Ohr: ›Er kennt meine Frau schon lange, noch eh' ich
sie geheirathet hab', und hat sie selber haben wollen; aber als er sich
mit ihr verloben gewollt, da hatt' er in den Krieg gemußt und meine
Frau kriegt die Nachricht, daß er todt ist und nun nach Jahr und Tag
ist's nicht wahr und der Mensch kommt wieder heil und gesund und
will meine Frau haben und ich soll sie ihm geben, oder am längsten
gelebt haben.‹

›Und was sagt Ihre Frau dazu?‹ frag' ich, nun ganz versteinert, denn
die Geschichte war mir doch sehr merkwürdig. Da fängt der Meister
erst recht zu weinen an und kann sich gar nicht mehr zu gute geben.
›Das ist ja das Schlimme,‹ schluchzt er laut, ›s'ist ihr Jugendgeliebter
und sie ist seitdem zu mir wie verwandelt. Wenn ich mit ihr allein
bin, dann weint sie nur und da möcht' ich vollends verzweifeln.‹ Was
sollt' ich nun dazu sagen?! Da war guter Rath theuer! Ich hätt' schon
gewußt, was er machen gesollt; aber mit einem so guten dummen
Kerl, wie mein Meister, ist ja doch nichts anzufangen, der läßt sich zu
sehr in's Bockshorn jagen. Auf all' meine Rathschläge schüttelte er nur
mit dem Kopf und da ihm doch nicht zu helfen war, ließ ich ihn
endlich sitzen. Von der Magd hab' ich dann gehört, daß ein fremder
Herr noch einmal lange mit dem Meister gesprochen habe und am
andern Tage ist er dann nach Neustadt gegangen und, Herr
Inspektor, nun können Sie sich selbst einen Vers draus machen, wer
meinen Meister um die Ecke gebracht hat,« schloß der Geselle seinen
Bericht.

»Wissen Sie noch etwas Näheres über den Fremden?« fragte der Beamte.

»Nicht viel. Es soll ein Mechanikus sein, der in der Eisenhütte in Arbeit steht, so sagte mir wenigstens die Magd, die sich gleich näher nach ihm erkundigt hat, denn die ist neugierig wie eine Ziege.«

Das waren freilich überraschende Aufschlüsse und die Untersuchung mußte sich nach einer ganz andern Seite hin wenden. – In aller Stille wurden Erkundigungen über den jungen Mann eingezogen, der in der geheimnißvollen Geschichte sicher eine hervorragende Rolle spielte, und die Angaben Rothe's bestätigten sich vollkommen.

In dem benachbarten Eisenhüttenwerk war ein junger Mann seit Kurzem als Mechanikus beschäftigt, der Allen durch sein verstörtes, unruhiges Wesen aufgefallen war. Er nannte jene Stadt, aus der Frau Reimann stammte, ebenfalls seine Heimath.

Bevor gegen den Mann eingeschritten wurde, wollte der Beamte von Frau Reimann selbst noch andere Beweismittel zu erhalten suchen, denn er vermuthete wohl, daß unter diesen Umständen die Frau über die dunkle Angelegenheit weit besser unterrichtet sei, als sie bei ihrer ersten Vernehmung verrathen hatte. Ahnte sie, daß ihr Geheimniß bereits preisgegeben war? – Sie zeigte sich weit gedrückter, befangener, als früher und gab nur widerstrebend ganz kurze Antworten.

Als sich jetzt der Polizei-Inspektor mit der direkten Frage an sie wandte: »Kennen Sie den Mechanikus Otto Baumgarten?« ging ein Zittern durch ihren ganzen Körper; sie vermochte kaum zu athmen und wortlos, zum Tode erschreckt, blickte sie auf den Beamten, der sich kaum eines Gefühls des Mitleides mit der unglücklichen Frau erwehren konnte. »Warum?« fragte sie endlich mit bebenden Lippen.

Der Inspektor durfte keine Schonung üben und fuhr im strengen, entschiedenen Tone fort: »Es ruht sehr stark der Verdacht auf ihm, daß er Ihren Gatten, seinen Nebenbuhler, durch ein Verbrechen beseitigt hat.«

Sie streckte wie abwehrend die Hände aus: »Nein, nein, das ist nicht möglich!« stieß sie heftig hervor, während ihr Antlitz eine Todtenblässe bedeckte und ihre Augen voll Entsetzen über das ernste

Antlitz des Beamten hinwegirrten, als wolle sie sich überzeugen, ob er die Wahrheit gesagt habe.

»Bekennen Sie mir offen und rückhaltlos Ihr Verhältniß zu dem jungen Manne, das allein vermag ihn vielleicht zu retten,« drängte der Beamte.

Ihr Herz arbeitete sichtbar, sie schien mit sich zu kämpfen; dann antwortete sie in einer Sprache, die verrieth, daß sie über ihren jetzigen Stand gebildet war: »Ich will Ihnen mein trauriges Geschick erzählen, dann mögen Sie selbst urtheilen, ob mich irgend eine Schuld trifft. – Mein Vater war Regierungsrath, er starb sehr früh und auch meine Mutter folgte ihm mehrere Jahre darauf. Ich kam in das Haus eines Oheims, das selbst mit vielen Kindern gesegnet war und es war nicht gerade die schönste Jugend, die ich dort verlebte. Auch meine Tante wünschte mich so bald wie möglich los zu werden und predigte mir beständig: Du darfst nicht lange wählen, heutzutage bleiben selbst die reichsten Mädchen sitzen, und sie war glücklich, als sich ein junger Mechanikus fand, der mir seine Aufmerksamkeit schenkte. Ich war erst 17 Jahre und fragte wenig nach der Zukunft; aber ich liebte Otto Baumgarten tief und innig und wurde von ihm ebenso glühend wieder geliebt. Obwohl mein Geliebter damals noch keine feste Stellung hatte, drang meine Tante doch auf unsere Verlobung und wir würden uns wohl rasch geheirathet haben, wenn nicht plötzlich der Krieg ausgebrochen wäre. Auch Otto mußte fort; mir war es, als solle mir das Herz brechen. Im Anfang des Krieges erhielt ich noch gute Nachrichten von ihm, aber plötzlich blieben sie ganz aus und von einem Kameraden von ihm traf ein Brief ein, daß Otto in der letzten Schlacht an seiner Seite gefallen sei. Ich war namenlos unglücklich und der tiefsten Verzweiflung nahe. Monate vergingen und ich erfuhr nichts weiter von dem Geliebten; ich konnte nicht länger an seinem Tode zweifeln. Nun quälten mich meine Verwandten von Neuem, mich zu verheirathen; ich wurde es müde, länger das Gnadenbrod zu essen und gab dem beständigen Drängen endlich nach. Wie ich die Frau des Fleischers Reimann geworden, weiß ich selbst kaum. – Meine Tante hat Alles vermittelt; sie wußte meine letzten Bedenken niederzuschlagen. Ich hatte ja als armes Mädchen kein Recht, wählerisch zu sein und sollte von Glück sagen, daß sich noch ein reicher Mann einfand, der mich zu seiner Frau machte. Wie schwer es mir auch gefallen war, ich hatte wenigstens meinen Entschluß nicht zu bereuen. Wohl hätte ich mir nicht einmal träumen lassen, daß ich die Frau eines schlichten Handwerkers werden würde; aber Reimann war gutmüthig und wir lebten bis vor wenigen Tagen in zufriedener Ehe.«

Frau Reimann hatte bisher ruhig erzählt, jetzt zuckte es über ihr hübsches Antlitz und der Beamte konnte wohl bemerken, welch' innern Kampf es ihr kostete, in ihrem Bericht fortzufahren.

»In vergangener Woche war ich in einem Konzert. Da seh' ich plötzlich nicht weit von mir einen Herrn, der eine wunderbare Aehnlichkeit mit meinem frühern Geliebten hat. Er wendet den Kopf, sieht mich an und nun konnte ich nicht länger zweifeln – es war Otto Baumgarten, und mir war's, als müsse mein Herz stille stehen beim Anblick des Todtgeglaubten. Als das Konzert zu Ende war, näherte er sich mir und redete mich an. Er liebte mich noch immer so heiß und glühend wie damals und –« sie vollendete nicht, Thränen entstürzten ihren Augen und wie gebrochen sank sie auf die Bank zurück.

Der junge Polizei-Inspektor war noch nicht in seinem Dienste ergraut genug, um nicht die regste Theilnahme für das seltsame Schicksal der beiden Liebenden zu empfinden. Mit großer Selbstbeherrschung hatte sich Frau Reimann bald wieder erholt und fuhr in ihrer Erzählung fort: »Man hatte damals Otto als todt vom Schlachtfelde getragen; als man ihn schon beerdigen gewollt, hatte man noch ein schwaches Lebenszeichen an ihm bemerkt. Monatelang hatte er dann besinnungslos im Lazareth gelegen und sich nur sehr langsam erholt. Als er endlich schreiben gekonnt, hatte er auf seine Anfrage von meinen Verwandten die Nachricht erhalten, daß ich bereits verheirathet sei. Es war eine Lüge!« setzte die junge Frau mit bebenden Lippen und funkelnden Augen hinzu, »ich war damals nur mit Reimann versprochen; aber meine Tante hat gewiß diese Verbindung nicht rückgängig machen wollen, die ihr so vortheilhaft schien, und nur alles verheimlicht. Aus ihrer kühlen Mittheilung mußte Otto entnehmen, daß ich ihn sehr rasch vergessen habe. Nun wollte er ebenfalls mein Andenken aus seinem Herzen reißen, aber als er mich jetzt sah, war alles vergessen. – Auch ich fühlte es, daß ich ihn noch immer liebte und doch durfte ich ihm nicht verrathen, wie es in meinem Herzen aussah, ich mußte ihm sagen: wir sind auf immer geschieden. Er mochte davon nichts wissen und behauptete, daß ich ihm allein gehöre und er meinen Mann zwingen wolle, mich frei zu geben. Wie ich ihn auch beschwor, seine Leidenschaft zu unterdrücken und das einmal über uns verhängte Schicksal zu ertragen; ich vermochte nichts über ihn. Schon am andern Tage suchte er meinen Mann auf; was sie damals mit einander verhandelt haben, weiß ich nicht, als aber Otto zum zweiten Mal bei uns erschien und mich ebenfalls zu Hause traf, behauptete er, daß Reimann bereits in Alles gewilligt habe; ich sollte deshalb sofort mit ihm gehen und meinen Mann verlassen. Wie ich auch Otto tief und innig liebte, diesen Wunsch konnte ich nimmermehr erfüllen; ich war es mir selbst schuldig, daß Alles seinen ruhigen gesetzlichen Verlauf nahm und erst meine Ehe geschieden sein mußte, eh' ich ihm folgen konnte. Ich ertrug es, daß er mich der Gleichgiltigkeit anklagte und endlich zornig fortging. Mein Mann hatte sich in seiner Gegenwart furchtsam, fast kindisch gezeigt; aber als sich Otto entfernt hatte, begann er sogleich zu jammern und mich zu bitten, nicht von ihm zu gehen, er wolle mir ja jeden Wunsch erfüllen. Noch niemals war ich mir so bewußt geworden, wie elend mich im Grunde diese Ehe gemacht, als eben jetzt. Wohl lebte ich in den behaglichsten Verhältnissen, ich konnte mich frei bewegen, mein Mann war gutmüthig und doch empfand ich jetzt erst die tiefe Leere und Vereinsamung meines Herzens. Nun wußte ich plötzlich, wie namenlos unglücklich die Verbindung mit einem Manne macht, den wir nicht lieben, kaum achten können, und der nicht mit uns auf gleicher Bildungsstufe steht. Wie ich auch das tiefste Mitleid mit meinem Manne empfand, ich mußte ihm doch ehrlich bekennen, daß mein Herz nicht ihm gehöre und es das Beste sei, wenn wir uns auf immer trennten. Er verstand mich nicht einmal und konnte es nicht begreifen, daß ich ihn für einen Menschen aufgeben wollte, der nichts weiter habe, als seine Hände, während er ein reicher Mann sei, und nun setzte er mir beständig aus einander, daß er ja eigentlich noch mehr Vermögen besitze, als ich gedacht habe. Wie wenig all' diese Dinge auf mich Eindruck machten, begriff er nicht. Er war seit jenen Tagen wie verwirrt und völlig kopflos. Am vergangenen Dienstag sagte er mir, daß er nach Neustadt müsse, um eine Summe dort einzukassiren; er wollte am Nachmittag wieder zurück sein und sein Ausbleiben ist mir räthselhaft; aber wenn Sie jetzt meinen früheren Verlobten in Verdacht haben, so thun Sie ihm Unrecht,« fuhr Frau Reimann in großer Erregung fort, »mag er mich noch so leidenschaftlich und stürmisch lieben, einer verbrecherischen Handlung ist er unfähig, dazu ist er eine viel zu edle Natur, und wie sollte er an dem Verschwinden meines Mannes irgend eine Schuld tragen, da er von dessen Reise nicht die geringste Ahnung gehabt hat.«

Der Polizei-Inspektor hatte doch nicht das Herz dazu, der jungen Frau sofort und entschieden zu widersprechen; aber gerade ihre Erzählung weckte in ihm die Ueberzeugung, daß Otto Baumgarten mit dem räthselhaften Verschwinden des Fleischers Reimann in irgend einer Verbindung stehe und hier der Schlüssel zu dem sicher vorliegenden Verbrechen zu suchen sei.

Nach der Entlassung der jungen Frau wurde sogleich der Mechanikus vorgeladen. Er war ein stattlicher, hochgewachsener Mann von etwa 25 Jahren. In seinem gebräunten Antlitz prägte sich ebenso viel Klugheit wie Entschlossenheit aus. Nur das blasse, magere Gesicht verrieth, daß er sich noch nicht völlig erholt habe; die dunklen Augen ruhten tief in ihren Höhlen und das Heftige, Leidenschaftliche seines Wesens erhielt damit noch einen verstärkten Ausdruck. Sein ganzes Auftreten verrieth den Mann von Bildung und das Stramme, Zusammengeraffte seines Wesens den ehemaligen Militär. Er gab auf alle Fragen sehr bestimmte, kurze Antworten, obwohl in seinen Zügen deutlich die Verwunderung zu lesen war, die er über seine Vernehmung empfand. Der Sinn, sich dem Gesetz unterzuordnen, beherrschte jedenfalls seinen Unwillen über diese Maßregel der Polizei.

Als nun der Inspektor auf seine Jugendliebe überging und auch hierauf seine Fragen stellte, wollte Baumgarten anfangs heftig aufbrausen und diese Zudringlichkeit zurückweisen; aber er wußte sich auch hier noch einmal zu beherrschen und in einfachen schlichten Worten gab er seine Auskunft. Sie stimmte mit der Erzählung von Frau Reimann völlig überein.

»Haben Sie seitdem Ihre Geliebte wiedergesehen?«

»Ja, als Frau des Fleischers Reimann,« antwortete der junge Mann und es zuckte um seine Lippen. »Von ihr erfuhr ich erst, daß ihre Verwandten uns Beide schändlich getäuscht hatten und meine Briefe, die ich aus dem Lazareth geschrieben, niemals in die Hände Wilhelminens gekommen waren. Durch solche Vorspiegelungen haben sie die Aermste zu der Verbindung mit einem Manne getrieben, der ihr völlig gleichgiltig ist, und eine solche Ehe kann nimmermehr Giltigkeit haben.«

»Sind Sie dann mit dem Fleischer Reimann in Berührung gekommen?« fragte der Beamte.

»Gewiß,« entgegnete Baumgarten mit einer an ihm eigenen Offenherzigkeit. »Warum sollte ich nicht von ihm eine Frau zurückfordern, in deren Besitz er nur durch Betrug gekommen war und die mich nur deshalb aufgegeben, weil sie an meinem Tode nicht den mindesten Zweifel hegen konnte. Jetzt war ich glücklich zurückgekehrt und ich hatte die ersten Anrechte an ihr Herz.«

»Und was erklärte Meister Reimann?«

»O, dieser Schwach- und Dummkopf!« entgegnete der junge Mechanikus mit höhnischem Auflachen; »selbst wenn ich Wilhelmine nicht so tief und glühend liebte, würde ich ihm den Besitz einer solchen Frau nicht gönnen. Für ihn ist die einfachste Magd gut genug, das hab' ich ihm auch in's Gesicht gesagt und der Mensch nahm das Alles stumpfsinnig hin! – Ich hätte auf eine Frau freiwillig verzichtet, von der ich die Ueberzeugung gewinnen mußte, daß sie mich nicht liebte, daß sie mich nie geliebt hat, und der Elende bettelte darum, ihn nicht zu verstoßen!« – Der ganze Stolz einer energischen, hochfahrenden Seele flammte bei diesem Gedanken in dem jungen Manne auf.

»Wie oft sind Sie bei Reimann gewesen?«

»Dreimal.«

»Haben Sie ihn jedesmal allein gesprochen?«

»Das erste und letzte Mal; bei der zweiten Unterredung war seine Frau anwesend.«

»Und war Frau Reimann mit Ihnen einverstanden?«

»Leider nicht ganz,« antwortete Baumgarten und sein Gesicht verfinsterte sich. »Ich wollte, daß sie auf der Stelle dies elende Joch zerbrechen und mir folgen solle; sie war aber zu einem solch' kühnen Schritt nicht zu bewegen und verlangte, daß Alles seinen ruhigen, gesetzlichen Gang nehmen solle. Ich war außer mir über diese Verzögerung und klagte sie der Gleichgiltigkeit an; aber sie blieb unerbittlich.«

»Wenn Ihre frühere Geliebte diesen ruhigen Weg wünschte, warum suchten Sie dann noch eine dritte Unterredung mit Herrn Reimann?« forschte der Beamte weiter.

»Weil ich seitdem wie im Fieber war und keine Ruhe hatte,« entgegnete der junge Mann und in seinen dunklen Augen leuchtete das alte Feuer. »Ich merkte nur zu gut, daß ich es mit einem unentschlossenen, unbeholfenen Menschen zu thun hatte und ich wollte ihn zu einer raschen Entscheidung drängen.«

»Was erklärte Reimann jetzt?«

Baumgarten lachte höhnisch auf. » O, dieser gutmüthige Dummkopf! Anstatt sich mir entgegenzustellen, verlegte er sich auf's Bitten, und dann hatte er die Unverschämtheit, mir Geld anzubieten. Ich wies ihn energisch in seine Schranken; er konnte nicht einmal begreifen, warum ich darüber empört war, und ein solcher ungehobelter Einfaltspinsel ist in den Besitz meiner Wilhelmine gekommen!« setzte er tief entrüstet hinzu. »Ach, und gerade dieser Schritt beweist mir, wie tief sie mich geliebt hat, daß es ihr dann völlig gleichgiltig war, wem sie ihre Hand reichte!«

»Sie haben seit jener dritten Unterredung Frau Reimann nicht mehr gesprochen?«

»Mit keinem Wort,« versicherte der junge Mann.

»Das räthselhafte Verschwinden Meister Reimann's haben Sie natürlich auch erfahren?«

»Gewiß,« antwortete Baumgarten. »Und wie es mich auch drängte, Wilhelmine wiederzusehen, mochte ich sie dennoch – nicht gleich aufsuchen, weil ich wußte, daß ich ihr feines Empfinden zu schonen hatte.«

Frau Reimann hatte wohl Recht; es lag etwas Edles, fast Ritterliches in dem ganzen Auftreten des jungen Mannes; sein offenes gerades Wesen machte nicht den Eindruck, als ob er eines heimlichen Meuchelmordes fähig sei; aber konnte nicht seine blinde glühende Leidenschaft ihn dennoch fortgerissen und zur Hinwegräumung eines Nebenbuhlers aufgestachelt haben, der auf anderen Wegen nicht so leicht zu beseitigen war? – Wie auch der Polizei-Inspektor jetzt, nachdem er Otto Baumgarten gesehen und gesprochen, weit geneigter war ihn für unschuldig zu halten, er durfte sich von seiner günstigen Meinung nicht beherrschen lassen und mußte, wenn auch mit der nöthigen Schonung, versuchen, dem dunklen Geheimniß auf die Spur zu kommen. –

»Ich muß leider noch einige Fragen an Sie stellen,« begann der Inspektor von Neuem und auf seinem Antlitz prägte sich deutlich aus, daß ihm die Ausübung seines Amtes nicht ganz leicht fiel. »Haben Sie am vergangenen Dienstag in Ihrer Fabrik gearbeitet, und wie lange?«

Otto Baumgarten hatte sogleich mit seinem scharfen, klaren Verstande den Zweck seiner Vorladung errathen. Wohl fühlte er darüber eine tiefe innere Empörung, daß nur der leiseste Verdacht auf ihn fallen könne; aber seine militärische Vergangenheit hatte ihn soweit geschult, daß er sich zu beherrschen verstand und sich den gesetzlichen Vorschriften zu fügen suchte, so schwer es ihm auch fiel. Jetzt, als der Polizei-Inspektor mit seinem Verdacht deutlicher hervorrückte, krampfte sich doch sein stolzes Herz zusammen und er vermochte kaum den heftigsten Ausbruch seiner Empörung zu unterdrücken. Seine Brust arbeitete sichtbar, ehe er antworten konnte; endlich nach einem harten inneren Kampfe hatte er so viel Gewalt über sich gewonnen, daß sich mühsam von seinen blassen Lippen rang: »Ich habe seit acht Tagen nicht zu arbeiten vermocht; es war mir völlig unmöglich! All' meine Gedanken drehten sich nur um das düstere Geschick, das mich getroffen und ich suchte mich zu zerstreuen – zu betäuben.«

»Können Sie mir genau angeben, wo Sie sich an jenem Dienstag aufgehalten haben?«

Baumgarten sann einen Augenblick nach; er fühlte wohl, wie verhängnisvoll seine Antwort für ihn werden konnte, aber seine Wahrheitsliebe behielt über alle Bedenken die Oberhand. »Ich weiß es selbst kaum,« antwortete er tief Athem holend. »Am Morgen habe ich brütend in meiner Stube gesessen, dann konnte ich es nicht länger aushalten, ich mußte hinaus. Ich bin auf den einsamsten Wegen herumgestrichen, auch wohl hier und da in einem Wirthshaus eingekehrt; aber ich hab' gar nicht darauf geachtet, wo ich gerade war, still mein Glas getrunken und bin dann wieder gegangen, ohne nach Weg und Steg zu fragen.«

Das Gesicht des Polizei-Inspektors verrieth deutlich den Eindruck, den dies Bekenntniß auf ihn gemacht hatte; wenn er auch die Offenheit des jungen Mannes anerkannte, mußte er sich doch sagen, wie bedenklich dessen Lage damit geworden war.

»Sie wissen also nicht anzugeben, wo Sie sich an diesem Tage überall aufgehalten haben?« sagte er deshalb sehr ernst, »besinnen Sie sich nur, denn Sie werden sich bereits selbst gesagt haben, wie nothwendig es für Sie ist, hierüber ganz bestimmte, durch Zeugen nachweisbare Angaben zu machen.«

»Ich weiß es,« entgegnete Baumgarten und es zuckte seltsam um seine Lippen. »Trotzdem wird es mir nicht völlig möglich sein. Ich fühlte mich so namenlos unglücklich und suchte die tiefste Einsamkeit. Nur daran erinnere ich mich, daß ich bei meinem zwecklosen Herumirren auch nach Heinrichsdorf gekommen und in der dortigen Schenke eingekehrt bin.«

»Zu welcher Zeit und wie lange waren Sie dort?«

»Die Sonne war bereits untergegangen und ich mag wohl länger als eine Stunde da geblieben sein,« antwortete Baumgarten nach kurzem Nachsinnen.

Der Ort befand sich freilich in ganz entgegengesetzter Richtung von Neustadt; aber wie wenig war damit erwiesen, wenn der Unselige über seinen Aufenthalt an jenem verhängnißvollen Tage keine genauere Auskunft geben konnte?!

»Wo haben Sie sich dann hingewandt?« fragte deshalb der Inspektor weiter.

»Ich sagte Ihnen schon, daß ich Ihnen hierüber keine bestimmten Angaben machen kann, denn ich bin planlos umhergeirrt und Sie müssen bedenken, daß ich in der hiesigen Gegend völlig fremd bin, da ich erst seit wenigen Wochen mich hier aufhalte.«

Das war freilich richtig, dennoch blieb sein ganzes Auftreten an jenem verhängnißvollen Tage verdächtig.

»Und wann sind Sie nach Hause zurückgekehrt?«

Baumgarten sann einen Augenblick nach, er fühlte recht gut, daß seine jetzige Aussage vielleicht sein Geschick entschied und dennoch mochte er nicht mit der kleinsten Lüge sich beflecken: »Auch das weiß ich nicht mehr genau, aber es muß längst Mitternacht vorüber gewesen sein. Ich habe nicht einmal nach der Uhr gesehen.«

»Woher wissen Sie dann, daß es überhaupt schon so spät war?« fragte der Beamte von Neuem.

»Jetzt, im Hochsommer, wird es ja kaum Nacht; ich sah schon wieder die ersten hellen Streifen am Himmel auftauchen, als ich vor meiner Wohnung stand. Nun erst fühlte ich die tiefe Ermüdung, die ich von meinem langen Herumstreifen davongetragen hatte; ich suchte rasch mein Zimmer auf und ging zu Bett.«

Der Polizei-Beamte zögerte, ehe er fortfuhr; es fiel ihm sichtbar schwer, dem jungen Manne sein trauriges Geschick anzukündigen, aber es war einmal seine Pflicht und er durfte davor nicht länger zurückschrecken. »Leider ist in Ihrer Aussage so Vieles dunkel und unsicher,« begann er langsam, »daß eine genauere Untersuchung des Thatbestandes nothwendig ist und ich Ihnen die Freiheit nicht eher wiedergeben kann, als bis sich die Sache aufgeklärt und Ihre Unschuld völlig herausgestellt hat.«

Otto Baumgarten hatte nichts Anderes erwartet und doch zuckte seine kräftige Gestalt zusammen, wie von einem heftigen Schlage getroffen. Er preßte beide Hände auf die heftig klopfende Brust, wollte sprechen, aber kein Ton drang über seine Lippen und als jetzt ein Polizeibeamter erschien, um ihn in das Gefängniß abzuführen, verbeugte er sich nur stumm und schritt dann mit militärischem Anstand hinaus.

Die Verhaftung des jungen Mechanikus erregte in der kleinen Stadt nicht wenig Aufsehen und wurde zum Tagesgespräch. Ueber seine Schuld war nur eine Stimme; wer anders als sein plötzlich aufgetauchter Nebenbuhler konnte den armen Fleischer Reimann ermordet und beseitigt haben? Wie das gewöhnlich der Fall, tauchten eine Menge Gerüchte auf, die Otto Baumgarten's Schuld völlig bestätigten. Es hieß, er sei an jenem Abend auf der Neustadter Landstraße von mehreren Leuten gesehen worden und er habe schon vorher die heftigsten Drohungen ausgestoßen. Man wußte sogar, daß der junge Mechanikus ein ganz wüster liederlicher Mensch, dem eine solche That wohl zuzutrauen sei; ja, die geschwätzige Fama ging noch weiter und bezichtigte Frau Reimann geradezu der Mitschuld. Wie diese Behauptungen entstanden, wußte Niemand; aber sie waren plötzlich da und wurden selbst von Denjenigen eifrig weiter verbreitet, die sich den Anschein gaben, als könnten sie gar nicht glauben, daß sich die junge Frau eines solch' schändlichen Verbrechens schuldig machen werde. Es blieb doch zu merkwürdig, daß sie überhaupt einen einfachen Fleischer geheirathet, der noch dazu nicht einmal jung war und durch sein täppisches, albernes Wesen für ein junges kluges Mädchen wahrhaftig nicht viel Anziehendes haben konnte. Und Meister Reimann hatte sich in der letzten Zeit sehr sonderbar benommen; all' seinen alten Freunden war seine plötzliche Unruhe und Niedergeschlagenheit aufgefallen; wenn sie ihn gefragt, was ihm eigentlich sei, hatte er nur geseufzt und dunkle Reden fallen lassen, wie: »Ja, ihr wißt viel!« oder: »Es wird bald Feierabend werden;« zu weitern Aufschlüssen hatte ihn Niemand zu bringen vermocht.

War es denn so unmöglich, daß Frau Reimann mit ihrem früheren Geliebten alles zur Hinwegschaffung des im Wege stehenden Mannes verabredet hatte?! – Wie man Meister Andreas kannte, war er gewiß niemals zur Einwilligung in die Scheidung zu bewegen, und so blieb den Liebenden kein anderes Mittel, als ihn gewaltsam hinwegzuräumen. Wer anders als die Frau hatte um seine Reise nach Neustadt gewußt, und da sich Otto Baumgarten ohnehin müßig umhertrieb, mußte es ihr leicht gewesen sein, ihn über diese Reise heimlich zu verständigen. Ein bloßer Raubmord war gar nicht anzunehmen. In dieser stillen ruhigen Gegend war noch seit Menschengedenken kein solches Verbrechen vorgekommen, und das schlichte Aeußere des Fleischers Reimann hatte gar nichts Verlockendes für einen Räuber. Meister Reimann ging stets so einfach, ja fast ärmlich gekleidet, daß ihn Niemand für einen wohlhabenden Mann halten konnte. Er sah stets wie ein sehr heruntergekommener Spießbürger aus. Es gab nicht Viele in der Stadt, die mit der jungen Frau Mitleid empfanden. Man konnte ihr nicht verzeihen, daß sie als einfache Fleischerfrau die vornehme Dame zu spielen gesucht und es ihr wirklich gelungen war, ihren sonst so geizigen Mann so weit zu beherrschen, daß er ihr jede Freiheit und jeden Luxus gestattete. Sie war sicher eine elende Heuchlerin und ein verworfenes Geschöpf und jetzt kamen endlich ihre schlimmen Eigenschaften an den Tag. Ihre Schönheit trug nicht wenig dazu bei, sie zur ärgsten Verbrecherin zu stempeln, der die schlauesten Ränke und verwegensten Anschläge zuzutrauen seien.

Man begriff gar nicht, warum die Gerichte so viel Umstände machten und Frau Reimann nicht ebenfalls einsperrten, die sicher erst ihren Geliebten aufgestachelt, den ihr bereits lästig gewordenen Mann zu beseitigen. Trotz all' dieser Reden und Wünsche der braven Kleinstädter blieb die junge Frau auf freiem Fuß.

Die Untersuchung gegen Otto Baumgarten nahm ihren ruhigen Verlauf und leider häuften sich gegen ihn die Verdachtsgründe. Auf seinem Zimmer wurde ein Revolver gefunden, von dem vier Läufe geladen, zwei aber abgeschossen waren. In einem Winkel entdeckte man unter schmutziger Wäsche ein stark mit Blut beflecktes Taschentuch, auch eines der gebrauchten Oberhemden zeigte einige, wenn auch ganz unbedeutende Blutflecken. Die Wirthin des jungen Mannes bekundete, wie sehr sie sich eines Tages über die nassen Kleider und Stiefel ihres Miethers gewundert und sie wußte noch ganz genau, daß es am Mittwoch der vergangenen Woche gewesen sei. Sie habe freilich den jungen Herrn nicht erst gefragt, denn der sei ohnehin nicht sehr redselig gewesen und habe ihr stets nur kurze Antworten gegeben. Die Stiefel besonders seien so schmutzig gewesen, als habe Herr Baumgarten damit lange im Moraste herum gewatet.

Otto Baumgarten war zwar noch nicht lange in dem Eisenhüttenwerke beschäftigt; aber er hatte es bereits verstanden, sich alle Welt zu Feinden zu machen. Wohl mußte man ihm eine außerordentliche Tüchtigkeit in seinem Fache nachrühmen, auch hatte er sich während der Arbeit stets nüchtern und ruhig gezeigt; doch sein abgeschlossenes, stolzes Wesen mißfiel allgemein. Er lebte ganz für sich, verkehrte mit Niemandem, und seine dunklen Augen schienen Jeden wegzuscheuchen, der sich ihm zu nähern suchte. Etwas Unheimliches war um seine ernste, schweigsame Persönlichkeit gebreitet, und kaum hatte sich der Verdacht auf den jungen Mechanikus gelenkt, da waren auch Alle, die ihn kannten, der festen Ueberzeugung, daß ihm eine solche That wohl zuzutrauen und er der Schuldige sei.

Der junge Mann hatte wenig und ziemlich Unhaltbares zu seiner Vertheidigung anzuführen. Den Revolver wollte er noch aus dem Kriege mitgebracht und bei seiner Neigung für einsame Spaziergänge als Schutzwaffe stets bei sich geführt haben. Er habe die Gewohnheit gehabt, kurz vor seiner Heimkehr einen Schuß abzugeben, um dann wieder, wenn der Revolver völlig frei, frisch laden zu können. Mit der ihm eigenen Sicherheit und Unbefangenheit wußte er auch die vorhandenen Blutflecke in seiner Wäsche zu erklären. Es habe ihm die Nase geblutet; er leide sehr oft an diesem Uebel. Daß seine Stiefel an jenem Mittwoch sehr schmutzig gewesen, sei wohl begreiflich, da er am Tage vorher Stunden lang umher gewandert sei, ohne viel auf den Weg zu achten. Dagegen bestritt er ganz entschieden, daß auch sein Rock naß gewesen, das sei völlig unmöglich, denn es habe ja in jener Nacht nicht geregnet und er wisse ganz genau, daß er mit trockenen Kleidern nach Hause gekommen sei. In Laufe der Untersuchung zeigte sich der junge Mann sehr verwandelt. Wohl trat noch immer seine grenzenlose Wahrheitsliebe vortheilhaft hervor; er suchte nichts zu beschönigen und zu verheimlichen, selbst wenn es von noch so nachtheiligen Folgen für ihn war; aber eine mit Trotz vermischte Schwermuth hatte sich seiner bemächtigt und gab sich in seinen Antworten kund.

Zum Glück für Otto Baumgarten war der die Untersuchung leitende Richter ein humaner, vorurtheilsfreier Mann, der eine große Menschenkenntniß besaß und der die tiefe Niedergeschlagenheit des Angeklagten nicht zu seinem Vortheil zu benutzen suchte. Mit einem etwas starken Drucke wäre es so leicht gewesen, das Netz über dem Haupte des jungen Mechanikus noch fester zu stricken. Gerichtsrath Geisler verschmähte all' diese Mittel; er suchte nicht einmal den Gefangenen durch beständige Vernehmungen zu ermüden, denn er gewahrte ohnehin dessen seelische Gebrochenheit. Wenn ihm der Rath Fragen stellte, die mehr seine Unschuld als seine Schuld erörtern konnten, gab der junge Mann kurze Antworten und bemühte sich mit keiner Silbe, seine Sache in ein vortheilhafteres Licht zu setzen.

Schon nach dem Schlusse des ersten Termins mochte Baumgarten sein Schicksal ahnen, denn er wandte sich nach seiner stundenlangen Vernehmung noch einmal zu dem Gerichtsrath: »Zu viel Umstände haben sich gegen mich verschworen und ich fühle es, daß es für mich kein Entrinnen gibt; aber ich war von je ein Unglücksvogel,« fuhr er mit bitterem Lächeln fort, »mich hat stets das Schicksal verfolgt und mir nicht einen freundlichen Sonnenstrahl gegönnt. Ich weiß, Herr Gerichtsrath, auch Sie werden und können mir nicht glauben, nachdem so viel gegen mich spricht; aber ich bin dennoch unschuldig!«

Es lag so viel Wahrheitsliebe in seinem ganzen Auftreten, seine dunklen Augen hatten so wunderbar geleuchtet, als er die letzten Worte gesprochen, daß der Gerichtsrath doch davon tief bewegt wurde. Er durfte freilich keine Voreingenommenheit verrathen, seine Pflicht als Untersuchungsrichter war es, alles unbefangen zu prüfen; aber seit jener Stunde vermochte der Rath seine Theilnahme für den Angeklagten nicht völlig zu unterdrücken und selbst dessen immer stärker hervortretender finsterer Trotz machte ihn nicht irre und ungeduldig. Er behandelte nach wie vor Otto Baumgarten mit großer Schonung.

Und doch sprach so viel für, so wenig gegen seine Schuld. Tiefinnere Beweggründe zur That waren vorhanden. Otto Baumgarten hatte plötzlich seine frühere Verlobte als Frau eines Anderen wiedergesehen. Seine Liebe flammte von Neuem auf; der Mann weigerte sich hartnäckig, sich scheiden zu lassen; die Geliebte wollte nur auf diesem gesetzlichen Wege die Seine werden, was blieb da einer blinden, wild entflammten Leidenschaft anderes übrig, als das Hinderniß mit Gewalt hinwegzuräumen? Der Angeklagte hatte seitdem nicht mehr zu arbeiten vermocht, ein müßiges Leben geführt, auch fleißig Wirthshäuser besucht, und dies Treiben war die rechte Vorschule für ein Verbrechen. In diesen müßigen Stunden hatte er gewiß nur darüber gebrütet, wie er seine schwarze That am besten auszuführen vermöge. Wenn auch Frau Reimann hartnäckig bestritt, Otto Baumgarten noch einmal kurz vor dem Verschwinden ihres Mannes gesprochen zu haben, so bekannte sie sicher nur deshalb nicht die Wahrheit, um den Geliebten nicht vollends zu verderben. Aber nicht nur diese inneren, auch eine Menge äußere Gründe sprachen nur zu deutlich für seine Schuld. Die Aussage August Rothe's, der die ausgestoßenen Drohungen des jungen Mannes bekundete, der abgeschossene Revolver, die Blutflecke in seiner Wäsche, die nassen Kleider, die seine Wirthin am Mittwoch bei ihm bemerkt. – Von der Leiche des Fleischers Reimann war noch immer nicht die geringste Spur zu entdecken; der Mörder mußte sie also sorgfältig bei Seite geschafft, vielleicht in irgend einen Sumpf versteckt haben.

Warum bestritt der Angeklagte so hartnäckig, daß seine Kleider an jenem Mittwoch naß gewesen? – Vielleicht, weil damit der letzte Zweifel an seiner Schuld schwinden mußte. Trotzdem man Otto Baumgarten damals für todt vom Schlachtfelde hinweggetragen, hatte er sich doch rasch wieder erholt und jetzt zeigte er wieder eine ungebrochene Körperkraft. Dem großen, stark gebauten jungen Manne war es gewiß ein Leichtes gewesen, die Leiche Reimann's mit sich fortzuschleppen, um sie endlich in einen sicheren Versteck zu bringen. Die dabei auf seinem Rocke entstandenen Blutflecken hatte er vorsichtig ausgewaschen; die Blutflecken seines Taschentuches und Oberhemdes suchte er mit Nasenbluten zu erklären und doch hatte er dies Niemandem geklagt, freilich lebte er viel zu sehr für sich, um dazu Gelegenheit zu haben.

Wenn der Gerichtsrath all' diese Momente zusammenfaßte, dann konnte auch er an der Schuld Baumgarten's nicht länger zweifeln, und seltsam genug, sobald er den Angeklagten sich gegenüber sah, in dies ernste, männliche Gesicht schaute, aus dem so deutlich ein tüchtiger, ehrlicher Charakter sprach, wurden doch wieder all' seine juristischen, schwer wiegenden Gründe erschüttert. Diese offene gerade Natur konnte kein gemeiner hinterlistiger Verbrecher sein! Und so lag bei dem trefflichen Gerichtsrath der Physiognomiker mit dem Juristen beständig in Streit.

Seit der Verhaftung Otto Baumgarten's legte Frau Reimann eine Schwermuth an den Tag, die nur zu deutlich bewies, wie sehr ihr Herz noch immer an den ehemaligen Geliebten gefesselt war. Die sonst so heitere, lebenslustige Frau ließ sich in keiner Gesellschaft mehr sehen und brach den Verkehr mit ihren früheren Bekannten völlig ab. Auch der Laden blieb fortan geschlossen, denn sie hatte auf der Stelle das Gewerbe ihres Mannes aufgegeben. Der Geselle erhielt für die nächsten Wochen noch seinen Lohn und wurde entlassen. Nur den Lehrling, Gustav Hammerschmidt, hatte sie auf seine dringenden Bitten noch behalten. Dem Burschen mußte es doch bisher gefallen haben, daß er gar nicht fortzubringen war und der Meisterin nicht eher Ruhe ließ, als bis sie endlich erklärte, er möge noch bleiben. Für diese Gunst schien er unendlich dankbar zu sein, denn er wußte sich in Haus und Hof überall nützlich zu machen und hing an seiner Herrin mit der rührenden Treue eines Hundes. Ihre tiefe Niedergeschlagenheit machte ihn ebenfalls ganz traurig; trotz seiner sonstigen Beschränktheit ging er seitdem grübelnd umher, als sinne er darüber nach, wie er seiner verehrten Meisterin helfen könne.

Frau Reimann ließ es an ihren Bemühungen, die Unschuld ihres ehemaligen Verlobten nachzuweisen, nicht fehlen. Dieser Gedanke allein beschäftigte sie und rüttelte sie immer wieder aus ihrer Schwermuth auf. Sie suchte in aller Stille etwaige Zeugen zu ermitteln, die Baumgarten's Alibi nachweisen konnten. Auf seinen einsamen Wanderungen mußten ihn doch Leute bemerkt haben, und wenn sich beweisen ließ, daß Otto in jener verhängnißvollen Nacht an ganz entgegengesetzten Orten sich aufgehalten hatte, dann war auch an seiner Unschuld nicht länger zu zweifeln. Aber wie diese Beweise sich verschaffen?! Da fiel ihr Gustav ein; er hatte ihr stets solche Ergebenheit gezeigt, und bei all seiner Beschränktheit besaß er doch eine weit größere natürliche Schlauheit, als die Leute gewöhnlich in ihm suchten, und sie sollte sich in ihm nicht getäuscht haben. Kaum hatte sie ihm aus einander gesetzt, auf was es ankomme und was er ermitteln solle, so verzog er sein breites Gesicht zu einem freundlichen Lächeln und sagte mit einem Ausdrucke von Verschmitztheit: »Ich weiß schon. Verlassen Sie sich darauf, Frau Meisterin, das werde ich schon ausspüren!« Es hätte wohl kaum des Versprechens bedurft, daß er im glücklichen Falle einen ganz neuen Anzug erhalten solle, um ihn zu den größten Anstrengungen aufzustacheln. Frau Reimann gab ihm noch einige Thaler und er machte sich sogleich auf den Weg, um in der ganzen Gegend umherzuschweifen.

Der Bursche hatte gleich gesagt: ich werde wohl ein paar Tage brauchen und komme nicht eher wieder, als bis ich die nöthigen Zeugen aufgetrieben habe; aber es vergingen drei volle Tage und Gustav Hammerschmidt ließ sich nicht wieder sehen. Frau Reimann wurde unruhig. Sollte sie auch dieser sonst so gutmüthige dumme Mensch hintergehen?

Endlich am vierten Tage fand sich der Bursche plötzlich ein. Schon sein Aussehen verrieth, daß er sich mußte fleißig in der Umgegend umhergetrieben haben, denn er war ganz verwildert und schmutzig und sah wie ein echter Landstreicher aus. Noch ehe seine Meisterin eine Frage an ihn richten konnte, rief er mit triumphirendem Grinsen: »Nun müssen sie ihn frei lassen! Ich war schon auf dem Gericht. Ja, es hilft ihnen Alles nichts, den Herren vom Gericht! Die haben sich einmal gewundert!« Der Bursche kicherte dabei vergnüglich vor sich hin und rieb sich vor Freuden die Hände, daß ihm Alles so gut gelungen war.

»Ah, das vergelte Dir Gott!« rief die junge Frau tief bewegt, und ihm
die Hände drückend, setzte sie hinzu: »Ich werde Dir diesen Dienst
nie vergessen, Du guter Junge!«

Das breite volle Gesicht des Burschen strahlte vor Glück.

»Ich dacht' mir's schon, daß Sie sich freuen würden,« sagte er
schmunzelnd.

»Aber wie hast Du es angestellt und kommt der Aermste wirklich
frei?« fragte Frau Reimann, schon wieder ängstlich werdend, denn es
fiel ihr plötzlich ein, wie wenig eigentlich den Worten dieses
dummen, beschränkten Menschen zu trauen sei.

»Sie können mir schon glauben, Frau Meisterin,« versicherte Gustav.
»Herr Baumgarten kommt los; ich hab' ja schon die richtigen Mörder
angezeigt.«

»Wie, was sagst Du?« rief die junge Frau und starrte in steigender
Aufregung auf den Burschen, der wieder ganz vergnüglich vor sich
hinschaute.

»Ja, ja, es half Alles nichts. Ich mußte es doch endlich sagen.«

»Und wer sind die Mörder?« drängte die Frau.

Gustav schnitt eine wunderliche Grimasse. »Ja, Sie werden auch ganz
versteinert sein, wollt' mir doch der Gerichtsherr anfangs auch gar
nicht glauben, 's ist mein Bruder und meine Mutter. Sie werden wohl
jetzt schon sitzen.« Er sprach die letzten Worte so ruhig, als ob er die
gleichgiltigsten Dinge von der Welt erzählte.

Frau Reimann starrte den Burschen sprachlos an, und dieser nickte
ganz vergnügt mit dem Kopfe. »Ja, die haben unseren armen Meister
todtgeschlagen und die mögen nun auch ihre Strafe kriegen.«

»Deine Mutter! Dein Bruder!« brachte Frau Reimann mühsam hervor;
trotzdem durch dies Bekenntniß ihr armer Otto frei wurde, konnte
sie sich eines tiefen Schauders nicht erwehren, daß dieser Bursche mit
einer an Stumpfsinn grenzenden Gleichgiltigkeit seine nächsten
Verwandten eines schweren Verbrechens bezichtigte.

Gustav nickte wieder beinahe seelenvergnügt mit dem Kopfe. Sein
dummes Gesicht erhielt jetzt doch einen thierischen, fast blödsinnigen
Ausdruck. »Ich hab's 'rausgekriegt!« und er kicherte von Neuem; »die

Mutter und der Bruder haben mich immer nur den Dummen geschimpft, nun hab' ich ihnen einmal gezeigt, wie dumm ich bin.«

»Und hast Du nicht daran gedacht, daß Du Deine eigene Mutter und Deinen Bruder damit auf's Schaffot bringst?!« rief Frau Reimann ganz entsetzt.

»'s ist ja nur mein Stiefbruder,« entgegnete der Bursche, und um seinen großen Mund spielte wieder ein behagliches Lächeln. »Und als ich heim kam, da saß die Mutter mit Wilhelm am Tische, und sie hatten eine Schüssel Gurkensalat und den schönsten Eierkuchen, und die Mutter hat mir nicht einen Bissen zum Kosten gegeben, und sie weiß doch, daß ich Gurkensalat für's Leben gern esse; da dacht' ich, wenn ihr so schlecht seid und Alles selbst essen wollt und mir nichts einmal abgebt, da will ich auch schlecht sein und ruhig sagen, was ich weiß.« Gustav fletschte dabei die Zähne und das Thierische seines Wesens kam noch deutlicher zur Erscheinung.

Obgleich der junge Bursche ihr eben einen großen Dienst geleistet, konnte sich Frau Reimann eines gewissen Widerwillens nicht erwehren. Es blieb doch zu unnatürlich, daß dieser Mensch, ohne die mindesten Bedenken, ja ohne die geringsten Gewissensbisse zu empfinden, die eigene Mutter in's Verderben gestürzt. »Und wie hast Du das Alles entdeckt?« fragte sie, noch immer tief erregt und von den seltsamsten Gefühlen bestürmt.

Die dicken wulstigen Lippen Gustavs verzogen sich zu einem selbstgefälligen Lächeln. »Ja, ich bin nicht so dumm, wie ich ausseh'. Der Wilhelm denkt immer, vor mir kann er machen was er will, ich merk' nichts; er heißt mich immer nur das Mondkalb und das Mondkalb hat's doch gemerkt.« Der Bursche grinste dabei wieder vergnüglich vor sich hin.

»Wie sind denn gerade Deine Mutter und Dein Bruder auf den Mordgedanken gekommen, und wie konnten sie die That ausführen?« fragte Frau Reimann weiter.

»Sie haben mich doch damals am Dienstag fortgeschickt, um den Meister zu suchen,« begann Gustav mit ziemlich geläufiger Zunge seine Erzählung. »Da ging ich zuerst zu meiner Mutter; sie wohnt ja vor'm Thor. Wilhelm war auch da und sie fragten mich gleich, wohin ich noch so spät wolle? Ich sagt' es ihnen und nun fragten sie mich noch, wohin der Meister gegangen sei und ob er wohl viel Geld bei sich habe. ›Na und ob,‹ sagte ich, ›er muß einen schönen Groschen bei sich haben, denn die Meisterin ist gar so ängstlich.‹ Da sahen sich die Mutter und mein Stiefbruder an und der Wilhelm nickte mit dem Kopfe. Ich hab' mir damals nichts dabei gedacht; aber später ist's mir doch eingefallen und ich dachte, warum fragten die dich gar so viel? Das hat gewiß seinen Haken, und es hat richtig seinen Haken gehabt!« Der Bursche schlug dabei mit seiner Rechten so derb in seine Linke, daß Frau Reimann erschrocken zusammenfuhr.

»Ach, Frau Meisterin, Sie wollt' ich nicht erschrecken,« entschuldigte sich Gustav sogleich, und auf seinem breiten, vollen Gesicht zeigte sich deutlich die große Anhänglichkeit, die er für die Gattin seines Lehrherrn empfand.

Frau Reimann wußte nicht viel von den Verwandten des Burschen; aber so viel war ihr doch bekannt geworden, daß sie nicht im besten Leumund standen; der Bruder sollte bereits mehrfach gesessen haben, und man hatte sich gewundert, daß Meister Reimann überhaupt einen Menschen aus solch schlechter Familie in die Lehre genommen. Gustav hatte sich freilich sehr ehrlich und trotz seiner sonstigen Dummheit für das Fleischergewerbe schließlich sehr anstellig gezeigt.

»Wie hast Du nun entdeckt, daß Dein Bruder wirklich das Verbrechen begangen hat?« fragte die junge Frau von Neuem.

»Ja, da muß man schlau sein,« antwortete der Bursche lächelnd, und wie beschränkt er auch für gewöhnlich aussah, jetzt erhielt doch sein rothes derbes Gesicht etwas von einem Fuchse. »Wie ich jetzt wieder hinkam, wunderte ich mich, daß Wilhelm einen ganz neuen Rock hatte, den konnte er sich nicht ehrlich verdient haben, er arbeitet ja nichts, und einen neuen Schrank hatte die Mutter gekauft. ›Halt‹ dacht' ich gleich, ›das geht nicht mit rechten Dingen zu.‹ Ich that gar nicht, als ob ich mich darüber wunderte und sagte nur der Mutter, ich hätt' noch auf dem Boden ein Paar alte Pantoffeln stehen, die wollt' ich mir endlich mitnehmen. Ich wußt' schon, auf den Boden brachten sie immer alles, was unten Niemand sehen sollt'; die Mutter hatte nichts dagegen, daß ich hinauf ging, vor dem dummen Gustav brauchten sie sich ja nicht in Acht zu nehmen, und so ging ich rasch 'rauf und ich braucht' nicht lange zu suchen, da fand ich die Bescheerung ...«

Frau Reimann vergaß einen Augenblick, wie entsetzlich die Bekenntnisse eines Menschen waren, der seine eigene Mutter des schwersten Verbrechens bezichtigte, und sie fragte hastig: »Was fandest Du?«

»Das Taschenmesser des Meisters, ich erkannt's auf der Stelle.«

»Und hast Du es dem Gericht übergeben?«

»Ich hab' mich gehütet,« antwortete Gustav und sein breiter Mund zeigte wieder ein selbstzufriedenes Lächeln. »Da hätten mir die Herren vom Gericht am Ende nicht geglaubt. Ich hab's ruhig liegen lassen.«

»Aber wenn es nun inzwischen Dein Bruder entfernt?«

»Ach, dem fällt es gar nicht ein,« entgegnete Gustav, und jetzt erhielt sein sonst so dummes Gesicht wieder etwas Fuchsartiges.

Der Bursche hatte sich in der That schlauer gezeigt, als man von ihm nur erwarten gedurft, und noch ehe die junge Frau etwas erwiedern konnte, fuhr Gustav triumphirend fort: »Sie werden gewiß noch mehr finden, die Herren vom Gericht, und dann müssen sie doch Herrn Baumgarten loslassen. Der Meister hat sich wahrscheinlich unterwegs verspätet und ist erst in der Nacht heimgekehrt. Das haben sich gewiß mein Bruder und meine Mutter gesagt und da sind sie ihm entgegen gegangen und haben ihn ermordet. – Aber Sie freuen sich nicht einmal, Frau Meisterin?« setzte er plötzlich ganz treuherzig hinzu. »Und ich dacht', Sie würden deckenhoch springen, und deshalb –« er verschluckte nun doch die letzten Worte und blickte nur seine Meisterin mit der ganzen blinden Ergebenheit an, die er für sie stets an den Tag gelegt hatte.

Unwillkürlich glitt ein Lächeln über das Antlitz der schönen Frau. Diese Anhänglichkeit des Burschen hatte doch etwas Rührendes, und warum sollte sie sich nicht völlig dem Glück hingeben, daß durch diese Entdeckung ihr Verlobter frei wurde. Mochte es immer etwas Unnatürliches haben, daß der Sohn seine eigene Mutter anklagte; sie hatte ihn ja nicht zu dem unerhörten Schritte aufgestachelt; und warum sollte sie nicht alle Bedenken abschütteln und den ersten Sonnenstrahl freudig begrüßen, der ihr das Leben des geliebten Mannes wieder erhellte?! –

»Du hast Recht,« sagte sie tief aufathmend, »und ich danke Dir tausendmal, um so mehr als Du mir ein so schweres Opfer gebracht hast,« und sie reichte ihm noch einmal die Hand hin.

Das Gesicht des Burschen strahlte wie verklärt.

Auf die Aussage Gustavs hin war sofort in der Wohnung der Frau Hammerschmidt eine Haussuchung vorgenommen worden. Ihr ältester Sohn, Wilhelm Härling, war schon, wie bereits gesagt, mehrfach wegen Diebstahls und Landstreicherei bestraft worden; er führte einen ganz liederlichen Lebenswandel, trieb sich müßig umher und Niemand wußte, wie er sich seinen Unterhalt erwarb. Der 22jährige, ungewöhnlich starke Mensch galt allgemein für eine äußerst rohe, brutale Natur, und ihm war schließlich die Ausübung eines Raubmordes wohl zuzutrauen. Auch die Mutter genoß keines guten Rufes, sie war ebenfalls bereits mehrmals wegen kleiner Verbrechen angeklagt worden, hatte aber mit seltener Schlauheit die Maschen des Gesetzes so zu benutzen gewußt, daß sie nicht zu fangen war. Nur in ihrer frühesten Jugend hatte Frau Hammerschmidt wegen Betheiligung an einem schweren Verbrechen eine längere Gefängnißstrafe erhalten und ihr Lebenswandel war noch jetzt nicht der beste. Man sagte ihr nach, daß sie heimlich dem Trunk ergeben sei; allerlei verworfenes Gesindel verkehrte in ihrem Hause und sie galt allgemein als eine höchst anrüchige Person.

Bei der Haussuchung wurde nicht nur das von Gustav entdeckte Messer auf dem Boden noch gefunden, sondern auch, in die Kissen des alten Sophas tief eingedrückt, ein Taschentuch, das mit A. R. gezeichnet war und das, wie Frau Reimann später bekundete, ihrem Gatten wirklich gehörte.

Weder Mutter noch Sohn wußten sich darüber auszuweisen, wo sie in jener Dienstagnacht gewesen waren, und verwickelten sich dabei in die größten Widersprüche. Frau Hammerschmidt behauptete steif und fest, sie sei mit ihrem ältesten Sohne an jenem Abende zu Hause geblieben und nicht mehr aus ihrer Stube herausgegangen, seitdem sie an jenem Abend Gustav bald wieder verlassen hatte; Wilhelm dagegen wollte im »Walfisch«, einem niederen Gasthof der Vorstadt, bis etwa Mitternacht gewesen sein und mit ein paar zufällig anwesenden Handwerksburschen Karten gespielt haben.

Beide, Mutter und Sohn, blieben hartnäckig bei ihren einmal abgegebenen Aussagen. Jeder behauptete, der Andere werde sich gewiß irren, es sei ja schon so lange her, daß es wohl in Vergessenheit gerathen könne. Noch hartnäckigerbestritten Beide, und darin stimmten sie wieder überein, jede Betheiligung an dem ihnen zur Last gelegten Verbrechen. Sie mußten zwar zugeben, daß Gustav an jenem Abend zu ihnen gekommen sei und erzählt habe, er solle den Meister suchen, der sei am Morgen nach Neustadt gegangen und noch nicht zurückgekehrt; weiter hätte Gustav nichts gesagt und sie auch nicht gefragt, denn was wäre sie die ganze Geschichte angegangen?

In diesem Punkte machten Mutter und Sohn fast wörtlich dieselbe Aussage, als hätten sie sich dieselbe vorher sorgfältig einstudirt. Wie das Messer und Taschentuch des Meisters Reimann in ihren Besitz gekommen, wußten Beide nicht anzugeben, und Wilhelm meinte, der Gustav werde wohl die Sachen bei ihnen absichtlich versteckt haben, nur um sie in die Tinte zu bringen, denn dem nichtswürdigen Bengel sei in seiner grenzenlosen Dummheit Alles zuzutrauen. Er hätte es längst bemerkt, daß es sein Stiefbruder hinter den Ohren habe; er sei so tückisch und boshaft wie ein alter verbissener Kettenhund.

Die ohnehin nicht sehr glaubwürdigen Aussagen der Angeklagten verloren im weiteren Verlauf der Untersuchung vollends ihren Halt. Eine Nachbarin der Frau Hammerschmidt bekundete mit großer Sicherheit, daß Mutter und Sohn an jenem Dienstag kurz vor zehn Uhr das Haus verlassen hatten; sie seien zwar sehr leise hinausgeschlichen, aber sie habe doch ihr Weggehen und Beide noch draußen sprechen gehört. Die Frau wußte sich auf diesen Tag deshalb noch so genau zu besinnen, weil gerade ihr Kind bedenklich krank geworden und der herbeigerufene Arzt ein Rezept verschrieben habe, das richtig, als sie es vorlegte, das Datum jenes Tages trug.

Andere, dem Fleischer Reimann gehörige Gegenstände wurden freilich selbst nach der sorgfältigsten Haussuchung bei den Angeklagten nicht gefunden, dagegen noch eine Summe von 50 Thalern, die in einem unter dem Kochherd angebrachten Versteck endlich entdeckt wurde. Weder Frau Hammerschmidt noch ihr Sohn wußten über den ehrlichen Erwerb dieser 50 Thaler Beweise beizubringen. Beide behaupteten, es seien langjährige Ersparnisse, die sie dort in Sicherheit gebracht; aber eine solch ersparte Summe blieb höchst sonderbar bei Leuten, die nicht immer regelmäßig ihren

Miethzins zahlen konnten. Freilich hatte der Kaufmann in Neustadt ausgesagt, daß sich Reimann die ganzen 5000 Thaler in Gold umgewechselt habe; aber konnte er nicht noch eine solche Baarsumme besessen haben? Noch näher lag es wohl, daß sich die Angeklagten bereits vorsichtig eines Theils des Goldes entledigt und dafür das ihnen weit angenehmere Silbergeld eingewechselt hatten. Bei ihrer großen Schlauheit hatten sie gewiß dies Wechselgeschäft mit solcher Geschicklichkeit und Umsicht ausgeführt, daß demselben nicht auf die Spur zu kommen war.

Es lagen dennoch genug Beweise vor, die an der Schuld der Angeklagten nicht länger zweifeln ließen. Unter diesen Umständen mußte Otto Baumgarten frei gelassen werden, um so mehr, als sich unerwartet noch ein Zeuge einfand, dessen Aussage die völlige Unschuld des jungen Mannes klar legte. Ein Bauer war mit seiner Frau auf einer Hochzeit gewesen und erst spät in der Nacht nach Hause gefahren. In seiner stark angeheiterten Stimmung hatte er unterwegs allerlei Unfug getrieben, seine Frau beständig geärgert und ihr endlich die prächtige Haube vom Kopfe gerissen und in den Straßengraben geworfen. Nun war guter Rath theuer! – Die Frau jammerte und weinte und der Bauer mußte anhalten, um mit seiner betrübten Ehehälfte sich mitten in der Nacht auf's Suchen der leichtsinnig weggeworfenen Haube zu begeben. Der betrunkene Bauer zeigte sich bald dieser schwierigen Aufgabe nicht gewachsen; er bückte sich zu tief und lag bald im Straßengraben. Jetzt fing die geängstigte Frau noch lauter zu jammern an, nicht nur die Haube, auch ihr Mann schien ihr verloren; da kam Hilfe in der Noth! Aus dem Dunkel der Nacht tauchte eine Männergestalt auf; zu anderen Zeiten würde sich die Bäuerin über diese unerwartete Begegnung halb todt geängstigt haben; jetzt erstickte die Besorgniß um ihren Mann alle andere Bedenken. Sie rief den einsamen Wanderer um Hilfe an, die ihr bereitwilligst gewährt wurde. Unter dem kräftigen Beistande des Fremden gelang es, das Bäuerlein aus dem Graben herauszuschaffen, das ihn bereits als bequeme Schlafstätte angesehen hatte und schon herzhaft darauf losschnarchte. Mit vieler Mühe wurde der Bauer aus seinem süßen Schlummer geweckt und in den Wagen zurückbefördert. Nun aber begann die Bäuerin um den Verlust ihrer Haube noch herzhafter zu jammern, und der Fremde war gutmüthig genug, sie auch bei diesen Bemühungen, ihr theures Kleinod wieder zu gewinnen, zu unterstützen. Hatte er doch bessere

Augen oder waren die der Frau vom Hochzeitsmahl noch etwas getrübt? – Er entdeckte unter einem Strauche den vom Bauer leichtsinnig weggeworfenen, selbst im Dunkel der Nacht hell schimmernden Sonntagsstaat. Die Frau war überglücklich; sie erschöpfte sich jetzt in den lebhaftesten Dankesäußerungen, die am besten bewiesen, wie nahe ihr der Verlust der Haube gegangen war. Gewiß hätte sie lieber ihren Mann als ihre kostbare Haube im Straßengraben zurückgelassen.

Otto Baumgarten hatte dies nächtliche Abenteuer rasch wieder vergessen. Zu andern Zeiten würde es ihn doch erheitert haben; aber in seiner düstern, zerrissenen Stimmung hatte er für die Komik des Alltagslebens wenig Sinn. In der ersten Zeit der Untersuchung hatte er sich dieses Vorfalls gar nicht mehr erinnert. Später kam ihm derselbe wieder in das Gedächtniß, aber er konnte nicht mehr den Tag bestimmen, an welchem das Abenteuer passirt war und er wußte auch nicht einmal, wo er mit den Bauersleuten zusammengetroffen war, denn er hatte in seinem finstern Hinbrüten nicht im Mindesten auf den Weg geachtet und war bald wieder in seine schwermüthige Laune zurückgefallen. Endlich sprach er aber doch davon; er beschrieb die Bauersleute, ihr Fuhrwerk ziemlich genau und nun ließen sich leicht weitere Ermittelungen anstellen. Ein Zufall führte noch rascher, als man erwartet hatte, zur Entdeckung der wichtigen Zeugen.

Das Bäuerlein hatte bei der lustigen Fahrt auch seine Pfeife verloren. Sie war von einem Arbeiter gefunden worden, der sie rasch wieder an einen Dritten verkauft und bei diesem hatte sie der Bauer bemerkt, da der Käufer mit dem Bauer ein und dasselbe Dorf bewohnten.

Der Käufer war nicht zur Herausgabe der Pfeife zu bewegen gewesen; er glaubte in ihrem rechtlichen Besitz zu sein und es kam darüber zum Prozeß. Das Bäuerlein hatte als kräftigsten Beweiszeugen seine wackere Hausehre mitgebracht und dabei kam die wunderliche Heimfahrt von der Hochzeit zur Sprache. Dem verhandelnden Richter war es bereits bekannt, daß sein College nach diesen Hochzeitsgästen suchte – jetzt waren sie unerwartet gefunden und die Bauersfrau bezeichnete den Tag, an welchem Reimann ermordet sein mußte, als denjenigen, an welchem sie von der Hochzeit zurück gekehrt war, und bestätigte alle Angaben Otto Baumgarten's. Als er ihr gegenüber gestellt wurde, erkannte sie den freundlichen guten Herrn, der ihr solch' große Dienste geleistet, sofort wieder. Trotz der Dunkelheit hatte sie sich sein Aeußeres ganz genau gemerkt und sie wußte noch jedes Wort, das der Fremde gesagt hatte. – Die Begegnung mit den Hochzeitsgästen war aber an einem Orte erfolgt, der Neustadt ganz entgegengesetzt lag, und als bald darauf ein sehr starker Verdacht sich auf Frau Hammerschmidt und ihren ältesten Sohn lenkte, erfolgte die Freilassung Otto Baumgarten's.

Wohl hatte Frau Reimann nach den Angaben Gustavs die Hoffnung gehegt, ihren Verlobten bald frei und glücklich wieder zu sehen; aber als er plötzlich mit glückstrahlendem Gesicht vor ihr stand, war es ihr doch, als jauchze die seligste Ueberraschung durch ihre Brust. Nun erst glaubte sie an das namenlose Glück, den Geliebten frei und seine völlige Unschuld erwiesen zu sehen. Schien es doch jetzt, als ob das Furchtbarste hinter ihnen läge und jetzt für sie ein Leben voll Frieden und Sonnenschein beginnen müsse ...

Die Untersuchung gegen Frau Hammerschmidt und ihren ältesten Sohn nahm ihren ruhigen Verlauf, förderte aber nur wenig neue Verdachtsgründe zu Tage. Am verhängnißvollsten für die Angeklagten blieb die Aussage Gustavs, ihres nächsten Blutsverwandten. Er beharrte nicht nur fest bei seiner ersten Angabe, sondern er erweiterte sie bei einer zweiten Vernehmung noch. Jetzt gab er mit großer Bestimmtheit an, daß die Mutter und der Bruder noch in seiner Gegenwart berathen, wie sie den Meister überfallen könnten; sie hätten ihn aufgefordert, sich bei dem Geschäft zu betheiligen und als er sich geweigert, habe ihm Wilhelm mit Prügeln gedroht. Erst als er heftig geweint und gesagt, daß er doch nicht helfen könne, seinen guten Meister todt zu schlagen, habe der Bruder ihn losgelassen, aber gedroht, ja kein Wort über die Geschichte zu verrathen, sonst würde er ihm den Hals 'rum drehen, wie einer Taube.

Nach dieser neuen Aussage dämmerte in dem Gerichtsrath der Verdacht auf, daß der Bursche doch wohl bei der Ausübung des Verbrechens selbst nicht so unschuldig sei, wie er sich bisher hinzustellen gesucht hatte. Wenn in seinen Verwandten einmal die Idee aufgetaucht war, den heimkehrenden Fleischermeister zu ermorden, dann hatten sie auch sicher Gustav mit als Werkzeug benutzt, der in seiner Dummheit gewiß zu einer solchen That weit leichter zu bewegen war, als er jetzt freilich zugeben mochte. Alles sprach für diese Annahme. So unvorsichtig waren diese Leute gewiß nicht, daß sie sich dem geistig beschränkten Menschen völlig in die Hände gaben, ohne ihn nicht in die ganze Angelegenheit tiefer hineinzuziehen. Er war sicher bei dem Unternehmen betheiligt gewesen, darum allein wußte er davon. Seitdem Gustav einmal so weit gegangen war und bekannt hatte, daß in seiner Gegenwart die Ermordung Reimann's geplant worden, verwickelte er sich in allerhand Widersprüche und all' seine Aussagen zeigten deutlich das Bemühen, sich wieder aus der Schlinge zu befreien, in die er sich selbst gebracht hatte. Es gelang ihm schlecht, ja seine jetzigen Anstrengungen trugen am meisten dazu bei, ihn noch mehr zu verdächtigen.

Was er in jener Nacht eigentlich begonnen? – darüber waren die Auslassungen des Burschen ebenfalls sehr dunkel und unzuverlässig und auch hier wurde er bald von dem inquirirenden Rath in die Enge getrieben. Anfangs behauptete er, vom Hause der Mutter sogleich sich auf den Weg nach Neustadt gemacht und die Landstraße nicht mehr verlassen zu haben; als aber der Gerichtsrath ihm entgegnete, daß wenn er sogleich diese Straße eingeschlagen hätte, er doch dem Meister Reimann früher hätte begegnen müssen, als seine Verwandten, welche doch erst nach ihm von ihrem Hause fortgegangen seien, um auf der Landstraße ihr Opfer zu erwarten, sann Gustav einen Augenblick nach und sagte rasch: »Da fällt mir's ein. Die Mutter hatte mir ja gar nichts vorgesetzt und ich hatte solchen Durst; da bin ich noch in den »Grünen Hof« gegangen und hab' ein Glas Bier getrunken.«

»Wie lange warst Du dort?« fragte der Rath.

»Ach, nicht lange, etwas über eine Viertelstunde. Ich mußte mich ja auf den Weg machen, die Meisterin hatte so Angst.«

»Und Du bist unterwegs nicht mehr eingekehrt?«

Trotz seiner geistigen Beschränktheit mußte Gustav instinktartig schon herausgefühlt haben, daß sich der Verdacht des Gerichtsbeamten mit auf ihn selber richte, denn er wurde in seinen Antworten immer unsicherer und vorsichtiger. Er grübelte wieder eine Zeit lang nach, eh' er langsam sagte: »Ja, im nächsten Dorfe. Der Schenkwirth wollte eben zumachen, es war kein Gast mehr da und ich wollt' doch nach dem Meister fragen, vielleicht war er dort eingekehrt. Der wußte aber gar nichts vom Meister.«

»Und sind Dir unterwegs nicht Bekannte begegnet?« fragte der Gerichtsrath weiter.

»Niemand. Ein paar Fuhrleute kamen, die fragt' ich, und der Eine meinte lachend: »Der wird wohl betrunken im Straßengraben liegen; aber mein Meister betrank sich ja gar nicht,« setzte Gustav sogleich berichtigend hinzu.

»Du bist also die ganze Nacht auf der Landstraße geblieben?«

»Ich mußte doch, wenn ich den Meister suchen wollte;« aber die Antwort des Burschen kam jetzt schon zögernder heraus.

»Und Du bist in jener Nacht mit Deinen Verwandten nicht noch ein Mal zusammengetroffen?« fragte der Rath und jetzt ruhten seine Augen so durchbohrend auf dem Lehrling, daß dieser verlegen die seinen zu Boden senkte. »Soll ich Dir sagen, mein Junge, was ich denke,« fuhr der Gerichtsrath mit scharfer Stimme fort; »daß Du mit Deiner Mutter und Deinem Bruder unter einer Decke steckst, daß diese gar nicht ohne Deine Hilfe den Mord vollführen konnten und es für Dich das Beste ist, wenn Du Alles offen und ehrlich bekennst und nicht länger mit albernen Lügen, die ich Dir doch nicht glaube, Deine Sache verschlimmern willst.«

Der Bursche begann am ganzen Leibe zu zittern; eine grenzenlose Angst schien sich seiner zu bemächtigen: »Ach, Herr Richter, Sie werden doch das nicht von mir glauben?! Mein Meister ist immer gut zu mir gewesen. Warum hätte ich helfen sollen, ihn abzuschlachten? Nein, Herr Richter, mein Bruder ist allein der Mörder, da haben Sie ja die Beweise; aber ich bin unschuldig.«

Bei dieser Erklärung blieb Gustav Hammerschmidt hartnäckig und selbst die größte Inquirirkunst vermochte nicht, ihm irgend ein Schuldbekenntniß abzulocken. Trotzdem hielt es der Rath für geboten, auch ihn in Haft nehmen zu lassen. Der junge Bursche zeigte sich bei dieser ihm gewiß sehr unerwartet kommenden Maßregel weit ruhiger als man gedacht hatte.

Ja, es schien ihn förmlich zu belustigen, denn er sagte mit seinem dummseligsten Lächeln: »Nun sitzen wir Alle, da wird sich der Wilhelm schön freuen.«

Der Haß der beiden Brüder trat am deutlichsten und in widerwärtigster Weise hervor, als sie zu ihrer Vernehmung einander gegenüber standen.

Wilhelm gerieth in die höchste Wuth, als er seines Stiefbruders ansichtig wurde; er hätte sich gewiß wie ein Tiger auf Gustav gestürzt, wenn ihm nicht die Anwesenheit der Beamten Schranken auferlegt. Der Letztere dagegen schien sich an der Wuth des Bruders nur zu werden, und seine kleinen grauen Augen ruhten voll Schadenfreude auf Wilhelm.

Als Gustav jetzt seine Aussage mit großer Bestimmtheit wiederholte und die Wahrheit derselben betheuerte, rief der Bruder sogleich: »Das ist alles eine infame Lüge, Herr Gerichtsrath, der dumme Junge weiß gar nicht, was er spricht; denn es ist ja doch nicht hier alles bei ihm richtig,« und er zeigte dabei auf seine Stirn.

»O ich bin gar nicht so dumm, wie der Wilhelm immer denkt,« entgegnete Gustav sogleich; »ich hab's ja herausbekommen, daß er der Mörder meines Meisters ist.«

»Er muß verrückt sein oder es hat ihm nur geträumt und jetzt glaubt er's wirklich! Ja, Herr Gerichtsrath, Gustav hat schon mehr solche Geschichten gemacht; wenn ihm einmal was geträumt hat, dann schwatzt er so lange davon, bis er's selber für wahr hält. Fragen Sie meine Mutter und die Nachbarn. Der Junge ist ja doch halb blödsinnig!« und Wilhelm blickte mit zorniger Verachtung auf seinen Stiefbruder, der ganz vergnüglich vor sich hin lächelte.

»Träumst Du wirklich so lebhaft?« wandte sich der Gerichtsrath zu Gustav, denn es war ja noch immer nicht die Möglichkeit ausgeschlossen, daß die ganze Anklage des Burschen auf einem Phantasiebilde berichte.

»Das hab' ich aber nicht geträumt,« betheuerte Gustav fast weinerlich; »der Wilhelm hat meinen Meister um die Ecke gebracht, denn warum hat er mich nach allem gefragt? und ich sollte ihm ja noch helfen.«

»Wenn der nichtswürdige Bengel an dieser Lüge erstickte, wäre er schon weg,« rief der Stiefbruder entrüstet und sein derbes, volles Gesicht röthete sich vor Zorn. »Kein Wort hab' ich ihn gefragt, und er ist gar nicht lange bei uns geblieben; er sagte nur, er wolle den Meister suchen; aber was ging das mich an? Ich war froh, als er wieder fortging,« setzte er hastig hinzu und erschrak dann selbst über seine Unbesonnenheit.

»Und warum?« fragte der Rath, dem die Verlegenheit des Angeklagten nicht entging.

Der junge Härling hatte sich schon wieder von seiner Bestürzung erholt: »Weil ich den Jungen nicht leiden kann,« sagte er ruhig; »wir vertragen uns einmal nicht, er ist mir zu dumm.«

Gustav schmunzelte selbstgefällig vor sich hin, als wollte er sagen: »Für Dich bin ich noch schlau genug.«

Das Gegenüberstellen der beiden Brüder hatte weiter keinen Erfolg. Jeder blieb bei seiner Aussage hartnäckig bestehen und bezichtigte den Andern als Lügner, nur hatte Gustav den Vortheil, daß er in Folge seines etwas phlegmatischen Temperamentes weit ruhiger blieb und mit der größten Sicherheit seine Behauptungen aufrecht erhielt, während Wilhelm bei jeder Gelegenheit im heftigsten Zorn aufflammte und sich weit mehr auf rohes Schimpfen verlegte, als durch andere Gründe seine Unschuld zu beweisen. Gustav dagegen ließ sich durch die größte Wuth des Stiefbruders nicht einschüchtern; ja, sie schien ihm sichtlich Freude zu machen und Wort für Wort wiederholte er in Gegenwart Wilhelms seine frühere Aussage.

Anders, weit ergriffener zeigte sich Gustav doch, als er seiner Mutter gegenüber gestellt wurde und auch in ihrer Anwesenheit seine erste Aussage bestätigen sollte.

Frau Hammerschmidt war eine große, hagere Frau von etwa 45 Jahren, die aber mit ihrem scharf markirten, von Sonne und Wetter gebräunten Antlitz weit älter aussah. Sie mußte eine bewegte Vergangenheit hinter sich haben; etwas Heftiges, Leidenschaftliches lag in ihrem ganzen Wesen; ihre tiefliegenden, dunklen Augen schweiften rasch und unruhig überall umher und schienen nicht gern auf einem Gegenstande lange zu haften. Um die dünnen Lippen huschte zuweilen ein schlaues Lächeln. Die Frau war zweimal verheirathet gewesen und hatte auch den zweiten Mann nach wenigen Jahren verloren. Mit ihrem Sohne aus erster Ehe lebte sie zusammen, und trotzdem Beide heftige, leidenschaftliche Naturen waren, vertrugen sie sich ziemlich gut. Es kam wohl auch zu Reibereien, oft sogar zu argen Konflikten; aber die Versöhnung von

Mutter und Sohn erfolgte stets sehr rasch. Wilhelm war ihr Liebling, während sie Gustav, ihren Sohn aus zweiter Ehe, stets mit großer Kälte und Gleichgiltigkeit behandelt hatte. »Er ist grad so dumm wie sein Vater,« war ihr beständiges Wort, wenn sie von ihrem Jüngstgeborenen sprach, und er hatte sich als Kind nicht der liebevollsten Behandlung zu erfreuen gehabt. Bei der geringsten Gelegenheit gab es für Gustav Püffe und Schläge, und die Nachbarn behaupteten, der Junge sei vollends dumm geprügelt worden. Noch roher hatte sich stets Wilhelm gegen seinen jungen Stiefbruder gezeigt, ihn so lange geneckt und gehänselt, bis der arme Junge endlich in Wuth gerathen und dann den weit Schwächern stets tüchtig durchgeprügelt, sobald Gustav in seinem blinden Zorn auf ihn eingedrungen war. Frau Hammerschmidt hatte niemals dieser Willkür ihres Erstgebornen gesteuert; Gustav bekam stets Unrecht, wenn er sich über seinen Bruder beklagte und er wurde von der heftigen, leicht erregbaren Frau behandelt, als ob er ihr Stiefsohn sei. Sie haßte auch wirklich in ihm den Vater, mit dem sie in sehr unglücklicher Ehe gelebt hatte.

Als Gustav seiner Mutter ansichtig wurde, verlor er seine bisher zur Schau gestellte Sicherheit. Ein leises Zittern ging durch seinen Körper und er schlug scheu die Augen nieder, als wage er seine Mutter nicht anzusehen. Nun sollte er auch in ihrer Gegenwart seine Aussage wiederholen, und statt dessen begann er leise zu schluchzen. »Ich fürchte mich,« sagte er kaum hörbar.

Bei Frau Hammerschmidt schien die Klugheit über ihr sonstiges heftiges Wesen den Sieg davonzutragen; anstatt beim Anblick ihres jüngsten Sohnes, dem sie diese Gefahr zu danken hatte, wie ihr Aeltester, in den größten Zorn zu gerathen, ruhten ihre Blicke fast mitleidig auf dem Burschen, als wollte sie sagen: »Der arme Junge! Er ist nun einmal kopfschwach und weiß nicht, was er thut.«

»Erzähl noch einmal ganz ausführlich Deinen Besuch an jenem Dienstag Abend bei Deiner Mutter,« forderte der Gerichtsrath den jungen Hammerschmidt auf.

Gustav zuckte zusammen, begann zu stottern und vermochte keine zusammenhängenden Worte herauszubringen; es war, als ob er die stechenden Augen seiner Mutter auf sich gerichtet fühlte, obwohl er die Blicke hartnäckig am Boden hielt.

Der Rath wiederholte sein Verlangen, und jetzt endlich raffte sich der junge Bursche auf; noch einmal erzählte er ganz genau, was er bereits mehrfach bekannt hatte, und es zeigten sich auch jetzt in seinen Angaben nicht die geringsten Abweichungen. Nur vermied er es bei der ganzen Erzählung sorgfältig, seine Mutter anzusehen.

Frau Hammerschmidt hörte mit großer Aufmerksamkeit zu; sie unterbrach ihren Sohn mit keinem Wort; nur zuweilen flog eine noch dunklere Röthe über ihr Gesicht und ihre tiefliegenden Augen blitzten zornig zu Gustav hinüber, der die seinen ängstlich zu Boden heftete.

Wohl hatte der junge Bursche seine früheren Angaben sorgfältig wiederholt; aber sie waren nicht mit der früheren Sicherheit herausgekommen; er stockte mehrmals, und als er endlich damit zu Ende gekommen war, schien er sehr froh zu sein, daß er seine Aufgabe glücklich gelöst hatte.

»Was haben Sie auf die Aussage Ihres eigenen Sohnes zu entgegnen?« wandte sich der Rath fragend zu Frau Hammerschmidt.

Sie stieß ein kurzes zorniges Lachen aus, ehe sie antwortete. Dann entgegnete sie ruhig: »Daß es schändlich von ihm ist, uns in's Unglück zu stürzen. Habe ich das um Dich verdient, Gustav?!« richtete sie jetzt ihre Rede direkt an ihren Sohn. »Ich bin immer gut zu Dir gewesen und Du willst jetzt durch solch' schändliche Lügen Deine eigene Mutter verderben!« Sie brach in heftiges Schluchzen aus.

Erst jetzt warf Gustav einen scheuen Blick auf die Weinende. Ihr Schmerz schien auf ihn nicht ohne Eindruck zu bleiben; dennoch suchte er sich von seiner Rührung frei zu machen: »O, Du hast mich genug geschlagen und zu Wilhelm bist Du immer besser gewesen als zu mir,« begann er vorwurfsvoll.

Frau Hammerschmidt trocknete rasch ihre Thränen, um sofort sehr lebhaft zu antworten: »Ja, Du hast nur ein paar Klapse bekommen, wenn Du gar nicht folgen wolltest; aber ich hab' Dich immer lieb gehabt und jetzt lohnst Du mir so?« Sie weinte von Neuem und so bitterlich, daß es nicht wie eine Komödie erschien.

Die Stimmung Gustavs wurde immer weicher; noch kleinlauter als bisher sagte er jetzt: »Wie ich zu euch kam, da hattet ihr Gurkensalat und Du hast mir nicht ein bischen davon gegeben und ich ess' ihn doch so gern.« Der junge Bursche blickte dabei so vorwurfsvoll auf seine Mutter, daß seine geistige Beschränktheit doch deutlicher als je zu Tage trat. Es war doch eine halb blödsinnige, thierische Natur; alle Schläge der Mutter hatten ihm sicher nicht so weh gethan, als daß sie ihm von ihrem Gurkensalat nichts abgegeben.

»Hättest Du doch den Mund aufgesperrt!« rief Frau Hammerschmidt, die sich völlig vergaß und ihre innere Rohheit nicht länger verbergen konnte. Plötzlich schien ihr ein Gedanke durch den Kopf zu blitzen, denn sie wandte sich rasch zu dem Richter: »Da sehen Sie, Herr Gerichtsrath, daß der Junge nichtswürdig gelogen hat. Wenn wir's auf den Meister Reimann abgesehen und Gustav über Alles aushorchen gewollt, dann würden wir ihn doch zum Abendbrod eingeladen haben, denn ich weiß ja, wie der Gustav auf Gurkensalat brennt. Da hätten wir ihn am leichtesten zu Allem herumgekriegt; aber weil es nur für uns Beide reichte, sagte ich nichts, und da ist er bald fortgegangen. Ich merkte wohl, wie ihm die Augen glitzerten, als er uns essen sah, und ich dachte, nun kriegst Du gerade nichts, Du nichtswürdiges Leckermaul!«

Dieser Einwurf der Angeklagten bewies wieder ihre alte Schlauheit und war gar nicht so unbegründet. Der geistig beschränkte Bursche war sicher durch sein Lieblingsgericht am leichtesten zu bestechen und zu Allem zu bewegen; wenn seine Mutter dennoch dies Mittel nicht angewandt hatte, so sprach das wenigstens für ihre Behauptung.

Selbst auf Gustav blieb dieser Einwand nicht ohne Eindruck; er konnte sich ebenfalls, trotz seiner sonstigen Dummheit, der Wahrheit derselben nicht entziehen und eine gewisse Verlegenheit prägte sich auf seinem breiten vollen Gesicht aus.

»Ist es wahr, daß Du bald wieder fortgegangen bist?« fragte der Rath.

»Ja,« bestätigte Gustav, »aber sie wußten ja schon Alles. Ich hatte es ihnen ja gleich gesagt, und nun sollte ich mitgehen und helfen, dem Meister das Geld abzunehmen, aber das mocht' ich einmal nicht und da lief ich rasch fort.«

Vergeblich waren alle Beschwörungen der Mutter, sie und Wilhelm durch solch' schändliche Lügen nicht so unglücklich zu machen, vergeblich redete sie ihm in's Gewissen, er möge endlich bekennen, daß er sich nur einen Spaß gemacht habe und kein wahres Wort an der Sache sei; Gustav blieb hartnäckig bei seinen Angaben. Zuweilen schien irgend etwas in ihm zu kämpfen, dann öffnete er wohl die Lippen und die Mutter blickte erwartungsvoll auf ihn, was er wohl sagen würde; aber er murmelte dann wieder vor sich hin: »Es ist doch wahr,« und versank endlich in einen gewissen Stumpfsinn, ohne daß ihm noch eine andere Erklärung abzulocken war.

Wenn auch die Angeklagten bei ihrem Leugnen verharrten, so konnten doch über ihre Schuld nur noch wenige Zweifel herrschen. Es waren Leute, denen eine solche That wohl zuzutrauen; sie hatten von dem Gange Reimann's nach Neustadt Kenntniß erhalten, vermochten nicht anzugeben, wo sie in jener Nacht gewesen waren, und die Auffindung des Messers, des Taschentuches und der 50 Thaler, über deren redlichen Erwerb Wilhelm Härling ebenfalls keine Auskunft geben konnte, das Alles sprach nur zu deutlich dafür, daß in ihnen die Raubmörder Reimann's zu suchen seien.

Freilich war von dem Körper des Ermordeten auch nicht die geringste Spur zu entdecken; aber wenn sie den Schlächtermeister in der Nacht überfallen hatten, dann konnten sie schon Gelegenheit finden, die Leiche im Walde so sorgfältig zu vergraben, daß sie nicht so leicht zu finden war. Auch befand sich in der Nähe von Neustadt ein tiefes Moor; war es den Mördern gelungen, den Körper des Erschlagenen bis dorthin zu schleppen, dann konnte nur irgend ein Zufall oder die Trockenlegung des Moores eine Entdeckung der Leiche herbeiführen.

Eine größere Summe war freilich in der Behausung der Raubmörder nicht gefunden worden, aber es war wohl von diesen verschlagenen Leuten vorauszusetzen, daß sie den größten Theil ihrer Beute eben ganz wo anders in Sicherheit gebracht hatten.

Zu einem offenen Geständniß waren diese Menschen freilich nicht zu bewegen. Jeder von ihnen betheuerte eifrig und hartnäckig seine Unschuld, und Wilhelm besonders schwur stets mit einer wahren Leidenschaft und hoch und theuer, daß er und seine Mutter ganz unschuldig seien. Freilich hatte er nicht einmal für jenen verhängnißvollen Abend sein Alibi nachzuweisen vermocht. Die Aussagen des Gastwirthes und seiner Gäste fielen gegen ihn aus. Niemand hatte ihn an jenem Abend im Gasthof zum »Walfisch« gesehen, und sobald er angeben sollte, wo er an dem gedachten

Abend gewesen sei, gerieth er stets in Verlegenheit und suchte sich mit Angaben herauszureden, die sich bald wieder als Lügen erwiesen.

Frau Hammerschmidt zeigte auch hier wieder ihre gewohnte Schlauheit. Als sie sah, wie gefährlich ihr diese Winkelzüge werden konnten, sagte sie bei ihrer nächsten Vernehmung: »Herr Gerichtsrath, ich will Ihnen doch lieber die Wahrheit bekennen, was Wilhelm in jener Nacht getrieben hat.«

Der Rath nickte nur schweigend mit dem Kopfe, ohne die geringste Aufregung zu verrathen, und die Frau fuhr nach einem letzten kurzen Besinnen fort: »In Schadau, eine Meile von hier, wohnt ein alter Pfarrer; es ist ein reicher Mann und ein paar Hundert Thaler spielen bei ihm gar keine Rolle. Wir waren gerade ganz abgebrannt und wußten nicht, wo wir einen Pfennig Geld hernehmen sollten. Da sagte Wilhelm: Wir wollen einmal beim Pfarrer anklopfen, und überredete mich so lange, bis ich versprach, ihn zu begleiten. Das war g'rad an dem Dienstag, da wollten wir hin nach Schadau, und Wilhelm war deshalb so böse, als Gustav kam. Nun suchten wir den Jungen rasch wieder los zu werden, und deshalb gaben wir ihm nichts von unserem Abendbrod, und wir wußten schon, wie ihn so was ärgert und wie er dann rasch fortläuft, denn er kann Niemand essen sehen, wenn er nicht auch was davon kriegt. Als Gustav glücklich fort war, machten wir uns sogleich auf den Weg. Ich hatte mich so angezogen wie eine Bauernmagd, und es war schon nach elf Uhr, als wir zum Pfarrhause kamen, aber ich klopfte gleich herzhaft an und sagte: die Bauersfrau Wittich liege im Sterben und wolle die Sakramente haben. Da war der Pfarrer gleich bereit; ich ging ein gut Stück mit ihm, damit er nicht etwa Unrath merken sollte, und als wir beinah bei dem Bauernhause angekommen waren, suchte ich in der Dunkelheit mich unsichtbar zu machen, und das ging ganz gut.« Ein triumphirendes Lächeln spielte dabei um die Lippen der Frau und in ihren scharfen Zügen zeigte sich deutlich die Freude über ihren gelungenen Streich.

Da sie der Gerichtsrath mit keinem Wort unterbrach, fuhr Frau Hammerschmidt in ihrer Erzählung fort: »Inzwischen hatte sich Wilhelm leise in's Pfarrhaus geschlichen, es war ja Alles offen geblieben, und da hat der arme Junge aus dem Schrank des Pfarrers 50 Thaler genommen, weil wir's gar so nöthig brauchten; aber nicht einen Pfennig mehr,« und die Frau legte zur größeren Betheuerung ihre magere braune Hand auf ihre Brust. »Und erbrochen hat er auch nichts,« setzte sie sogleich eifrig hinzu, »das wird der Pfarrer bezeugen müssen.«

»Warum sind Sie mit diesem Bekenntniß nicht eher hervorgetreten?« fragte der Gerichtsrath.

»Weil ich den Wilhelm und mich nicht unnütz in die Tinte bringen wollte,« antwortete sie sogleich mit ihrem gewohnten verschlagenen Lächeln. »Jetzt aber, wo es uns am Ende an den Hals geht, da will ich doch lieber die kleine Geschichte auf mich nehmen, die kann uns das Genick nicht brechen. Laden Sie nur den Pfarrer in Schadau vor; er wird schon Alles so aussagen, wie ich eben erzählt, und sich noch auf den Tag besinnen können, denn es mag ihn doch geärgert haben,« und Frau Hammerschmidt lachte höhnisch: »Und wenn ich mich wieder so als Bauernmagd anzieh', erkennt mich der alte Herr gewiß wieder.«

Der Gerichtsrath sann einen Augenblick nach. Sicher war die ganze Geschichte wieder eine Finte der schlauen Frau und nicht ein Wort davon wahr. Ueber den Diebstahl bei dem Pfarrer in Schadau war nicht das Mindeste an die Oeffentlichkeit gedrungen und die Angeklagte wollte wahrscheinlich nur durch die Vernehmung neuer Zeugen Zeit gewinnen.

Frau Hammerschmidt mußte auf dem Antlitz des Rathes seine Zweifel ablesen, denn sie begann sogleich von Neuem sehr eifrig: »Glauben Sie mir, was ich Ihnen soeben gesagt, davon ist jedes Wort wahr. Vernehmen Sie nur den alten Pfarrer, dann werden Sie Alles hören, und dann,« fuhr sie mit geläufiger Zunge fort, »können wir doch nicht länger als Raubmörder hier sitzen. Wir sind doch daran unschuldig, so wahr ein Gott lebt!« Und sie hob, wie sie es schon so oft gethan, zur größeren Betheuerung den langen mageren Arm in die Höhe.

Wilhelm war anfangs sehr bestürzt, als er über die neuen Angaben seiner Mutter ebenfalls erst vernommen wurde; aber er faßte sich rasch und schien zu begreifen, daß sie wieder die Klügere gewesen war. »Sie hat Recht,« sagte er deshalb nach kurzem Schwanken. »Ich bin ja ein Esel, daß ich es nicht gleich eingestanden habe! Wegen der Geschichte in Schadau kann ich nur ein paar Wochen sitzen, und hier komm' ich am Ende in Ewigkeit nicht los. Ja, ich hab' den Pfarrer bestohlen; aber ich bin nicht eingebrochen. Wir haben alles so schlau eingefädelt, daß ich es nicht nöthig hatte,« und der rohe Bursche lachte jetzt ebenfalls wohlgefällig vor sich hin. Ohne jedes Bedenken erzählte er nun ebenso genau und ausführlich wie seine Mutter den gegen den alten Pfarrer ausgeübten Streich. Da beide Angeklagte erst jetzt mit diesen Angaben hervortraten, konnten sie schwerlich sich vorher hierüber verständigt haben und die Sache erhielt nun doch etwas Wahrscheinliches.

Der Pfarrer von Schadau wurde vorgeladen und zur nicht geringen Verwunderung des Gerichtsrathes bestätigte er Wort für Wort die Aussagen der Gefangenen. In seiner milden, ruhigen Weise hatte der ehrwürdige Greis von dem Diebstahl nicht erst Anzeige gemacht; er äußerte nicht den geringsten Unmuth über den ihm gespielten Betrug, und er hätte nicht einmal das Datum des Tages sich behalten, wenn nicht an jenem Dienstag die Taufe des Bauer Wittich'schen Kindes stattgefunden und ihn deshalb die Nachricht besonders erschüttert hätte, daß die arme Frau plötzlich todtkrank geworden.

Als dem Pfarrer Frau Hammerschmidt gegenübergestellt wurde, schaute der milde freundliche Greis sie eine Weile an und sagte dann: »Ich glaube nicht mit Bestimmtheit behaupten zu können, daß es die Botin jener Nacht war.«

»O, sagen Sie es immer, Herr Pfarrer!« rief die Frau zum großen Erstaunen des trefflichen Geistlichen eifrig, der sie auf jeden Fall schonen gewollt. »Sie müssen mich wieder erkennen. Besinnen Sie sich nur. Ich komme ja sonst mit meinem Sohn auf's Schaffot, wenn Sie mich nicht wieder erkennen.«

Der Pfarrer erschrak und blickte ganz betroffen auf den Gerichtsrath, und dieser sagte zur Aufklärung: »Die Frau ist wegen Raubmord angeklagt, den sie mit ihrem Sohne in jener Dienstag-Nacht begangen haben soll, und will nun ein Alibi nachweisen. Ich hoffe aber, Herr Pfarrer, daß Sie auch jetzt nicht falsches Mitleid in Ihrer Aussage bestimmen wird.«

Leise schüttelte der Geistliche sein ehrwürdiges Haupt und mit großer Sicherheit sagte er: »Ich erkenne die Frau jetzt doch wieder, trotzdem sie damals Bauernkleider trug; sie war mir auffällig, denn ich konnte mich nicht erinnern, dies Gesicht je vorher gesehen zu haben; aber sie sagte mir, daß sie heute zum Bauer Wittich gerade zum Besuch gekommen sei, und ich konnte dies schon eher glauben, weil ja vorher die Taufe gewesen war. Deshalb ist mir die Persönlichkeit der Botin jener Nacht im Gedächtniß geblieben und schon an der Stimme würde ich sie wiedererkennen.«

Die dunklen Augen der Frau Hammerschmidt leuchteten; sie glaubte sich nun schon gerettet und führte zum Ueberfluß dem Pfarrer noch jedes Wort an, das sie an jenem Abend gesprochen hatte, und der ehrwürdige Geistliche nickte nur schweigend mit dem Kopfe. Seinem edlen Geiste war die Berührung mit dieser Sache ohnehin widerwärtig; er mußte seine Aussage beschwören und kehrte dann in sein stilles Dorf zurück.

Durch dieses Zeugniß erhielt die Angelegenheit freilich eine neue Wendung, dennoch nahm die Untersuchung gegen die Angeklagten ihren Fortgang und der Fall kam zur Aburtheilung vor die Geschworenen.

Der Staatsanwalt hatte in seiner Anklage noch einmal sehr geschickt alle Gründe für die Schuld dieser Leute hervorgehoben und auch das halbe Alibi zu widerlegen gesucht. Konnten diese verschlagenen Menschen nicht erst absichtlich ihren Raubzug nach Schadau unternommen haben, um vollends jeden Verdacht bei dem weit größeren Verbrechen von sich abzulenken? – Zu welcher Stunde der Fleischer Reimann ermordet worden, wußte Niemand; es war sehr gut möglich, daß die Angeklagten dem Manne erst in den Morgenstunden aufgelauert, und sie hatten schließlich zur Ausübung beider Verbrechen Zeit genug gefunden. Entscheidend blieb die Aussage des eigenen Sohnes und Bruders, der seine Verwandten noch immer der That bezichtigte, und das Auffinden des Messers und Taschentuches in der Wohnung der Raubmörder. Auch gegen Gustav war die Anklage wegen Betheiligung an dem Verbrechen erhoben worden. Der Staatsanwalt hob hervor, daß sein ganzes Benehmen ihn verdächtige und die Annahme vollkommen berechtigt sei, daß Mutter und Bruder im Einverständnisse mit ihm gehandelt hätten.

Der junge Bursche hatte zu seiner Vertheidigung wenig anzuführen; er beharrte zwar auch in der öffentlichen Verhandlung bei seiner Behauptung, daß er unschuldig sei; aber es geschah nicht mit der früheren Sicherheit. Die versammelten Richter, die Geschworenen und das anwesende Publikum schienen ihn zu verwirren und all seine Antworten kamen unklar und ungeschickt heraus. Schärfer als je machte er den Eindruck eines halb blödsinnigen Menschen und man begriff vollkommen, wie leicht dieser dumme Bursche von seinen Verwandten mißbraucht worden, deshalb machte sich auch eine gewisse Theilnahme für diesen Armen an Geist geltend.

Um so abstoßender wirkten die Persönlichkeiten der beiden anderen Angeklagten. Wer Wilhelm Härling sah, dieses derbe, von finsteren Leidenschaften durchwühlte Gesicht, die großen, ein wenig mit Blut unterlaufenen Augen, der sagte sich wohl: Diesem Menschen ist das Schlimmste zuzutrauen, der schrickt vor einem Mord gewiß nicht zurück. Und erst Frau Hammerschmidt! – Sie war die echte, treue Sekundantin auf dem Wege des Verbrechens; das lehrte schon ihr Aeußeres. In diesen Gesichtszügen steckte so viel Heimtücke wie Rohheit.

Das abstoßende Aeußere dieser Beiden, ihre trübe Vergangenheit, sie sprachen noch weit mehr für ihre Schuld, als die zu Tage liegenden Beweise.

Der Vertheidiger der Frau Hammerschmidt und Wilhelms suchte zwar nach Möglichkeit die Anklage zu entkräften, aber es gelang ihm nur unvollkommen. Er legte den Hauptton darauf, daß von dem vermeintlich Ermordeten bisher auch nicht die geringste Spur aufgefunden worden, es also gar nicht einmal feststehe, ob hier überhaupt ein Mord und noch dazu ein Raubmord vorliege. Das Auffinden der beiden Gegenstände in der Hammerschmidtschen Wohnung beweise gar nichts; die könne Gustav hingelegt haben, um seinem Bruder einen Streich zu spielen.

Der junge Bursche hörte dieser Beschuldigung so ruhig zu, als ob sie ihn gar nichts anginge; sein breites, ausdrucksloses Gesicht behielt denselben Stumpfsinn bei, und selbst als der ihm von Amtswegen zugeordnete Vertheidiger das Wort ergriff und nun seinerseits von seinem Schützling alle Schuld ab- und auf den Hauptangeklagten zu wälzen suchte, zeigte er kaum einige Theilnahme. Nur als der Vertheidiger auszuführen sich bemühte, daß sich Gustav Hammerschmidt unmöglich an der Ermordung seines Meisters betheiligt haben könne, nickte er ihm mehrmals zu.

Die Geschworenen zogen sich jetzt zurück und erschienen erst nach längerer Berathung wieder. Das tiefste Schweigenherrschte im Saal; in höchster Spannung erwartete Jeder die Entscheidung. Der Wahrspruch der Geschworenen lautete, daß Gustav Hammerschmidt freizusprechen; Frau Hammerschmidt dagegen und ihr Sohn Wilhelm Härling des Raubmordes an dem Fleischermeister Reimann schuldig. –

Mit einem lauten, verzweifelten Schrei brach die Angeklagte bei Verkündigung dieses Urtheilspruches zusammen. Dann raffte sie sich augenblicklich wieder auf und zu ihrem jüngsten Sohne gewandt rief sie leidenschaftlich aus: »O, Gustav, kannst Du wirklich Deine Mutter auf das Schaffot bringen?!«

In dem Burschen ging bei diesem verzweifelten Ausrufe eine Veränderung vor. Er erwachte plötzlich aus seinem Stumpfsinn und sah seine Mutter scheu und betroffen an, und als diese in höchster Erregung fortfuhr: »So weißt Du nun endlich, daß Deine nichtswürdigen Lügen uns den Kopf kosten,« da zuckte er zusammen, warf einen ängstlichen Blick auf die Versammlung und aus den ernsten Gesichtern der Anwesenden mochte ihm wohl der Gedanke aufdämmern, daß es sich hier wirklich um Tod und Leben handle, denn die Zähne schlugen ihm über einander, er sprang von seiner Bank in die Höhe und stammelte bleich und bestürzt: »Ja, ich hab' gelogen; es ist Alles nicht wahr!«

Diese unerwartete Erklärung brachte auf die ganze Versammlung den verwirrendsten Eindruck hervor. Selbst die ernsten Richter geriethen darüber in eine gewisse Aufregung und der Präsident des Gerichtshofes wandte sich mit der ernsten und lauten Frage an den jungen Burschen: »Weißt Du auch, was Du sagst? Du darfst Dich jetzt nicht durch Mitleid bestimmen lassen, Deine früheren Aussagen plötzlich zu widerrufen.«

»Nein, es ist Alles nicht wahr, was ich gesagt,« wiederholte Gustav schon ruhiger als bisher. »Ich hab' das Messer und Taschentuch selber hingesteckt, ich wollte einmal den Wilhelm recht in Angst bringen. Warum hat er mich immer geprügelt?«

»Und wenn wirklich Deine frühere Beschuldigung falsch wäre, wie Du jetzt behauptest, hast Du nie daran gedacht, daß Du damit auch Deine Mutter in's Unglück stürzest?« fragte der Präsident mit erhobener Stimme weiter, um dem Angeklagten seine Schuld recht eindringlich zu machen.

Der junge Bursche brach auch wirklich in Weinen aus und mühsam schluchzte er hervor: »Sie ist immer so böse zu mir gewesen und von dem Gurkensalat hat sie mir auch nichts gegeben, das hat mich so geärgert und, und,« – er starrte wieder verwirrt zu Boden und schien nun doch mit der Sprache nicht recht herausrücken zu wollen.

»So rede doch und bekenne endlich die volle Wahrheit!« drängte der Präsident. Er sowohl wie die ganze Versammlung vermochte sich eines tiefen Widerwillens gegen den Burschen nicht zu erwehren. Es war doch eine zu große Mischung von Herzlosigkeit, Stumpfsinn und Beschränktheit in diesem Menschen.

Gustav schien wirklich durch diese Strenge des Präsidenten aufgerüttelt zu werden; langsam erhob er den Kopf und stotternd, unsicher, begann er von Neuem: »Die Meisterin war so traurig, daß der junge Herr sitzen mußte und der Mörder sein sollte, da dacht' ich: Du wirst ihr schon helfen, dem Wilhelm kann's gar nicht schaden, wenn er einmal recht in Angst kommt und da versteckte ich das Messer des Meisters auf dem Boden und sein Taschentuch drückte ich recht fest in eine Ecke und nun sagt' ich, der Wilhelm sei's gewesen. Der Herr Richter meinte, die Mutter müsse dann auch dabei gewesen sein und da konnt' ich mir nicht helfen, ich mußt' sie auch mit hinein bringen.«

Dies Bekenntniß brachte auf Alle den überraschendsten Eindruck hervor. Sprach denn der Bursche jetzt die Wahrheit oder wollte er die Seinigen nur retten, nachdem er sah, daß ihr Leben auf dem Spiele stand? – In größter Spannung erwartete Jeder die Entwicklung der dunklen Sache. Vielleicht war Frau Reimann die Anstifterin des ganzen Plans und hatte den dummen Menschen dazu benutzt, um ihren Geliebten zu retten. Das Publikum neigte sich am meisten dieser Ansicht zu, denn trotz all' ihrer Schönheit und Liebenswürdigkeit erfreute sich nun einmal die junge Frau nicht besonderer Gunst. Viele konnten ihr die »Fremde« nicht verzeihen und wollten ihr trotz all' ihrer Freundlichkeit niemals recht getraut haben.

»Da sehen Sie, Herr Gerichtsdirektor, daß wir unschuldig sind!« rief Frau Hammerschmidt sogleich triumphirend. »Es war vom Gustav zu schlecht, daß er uns eine solche Sache auf den Hals geredet hat!«

Auch das finstere Gesicht Wilhelms hellte sich auf; er gab zwar seiner Freude keinen lauten Ausdruck; aber seine breite Brust arbeitete mächtiger, als sei sie von einem furchtbaren Drucke befreit.

»Ich ermahne Dich nochmals,« begann der Vorsitzende mit eindringlicher Stimme und ungewöhnlich ernst, »nicht länger den Gerichtshof mit allerlei Lügen zu behelligen, sondern ehrlich die Wahrheit zu bekennen, als ob Du vor Gott ständest.«

»Ich sag' jetzt die Wahrheit,« betheuerte Gustav und erhob zur größeren Bekräftigung die Hände. Sein sonst so dummes, ausdrucksloses Gesicht belebte sich, als er fortfuhr: »Ich hab' damals schändlich gelogen; aber jetzt lüg' ich nicht. Der Wilhelm hat kein Wort davon gesagt, daß er meinem Meister auflauern gewollt; er hat nicht einmal gefragt, wo der Meister eigentlich hingegangen. Ich selber hab' ein Taschenmesser, das er liegen gelassen, auf den Boden geworfen. Das Taschentuch vom Meister hatte ich schon früher einmal gefunden, das versteckt' ich in die Sophaecke, die Mutter hat's nicht gemerkt, denn ich setzte mich auf's Sopha, als ich wieder einmal hinkam, und schob's nun ganz stille mit der linken Hand tief in den Winkel.« Er machte dabei die Bewegung nach, als wolle er in diesem Augenblick das Taschentuch geschickt wieder verstecken.

»Und warum erwähntest Du bei Deiner ersten Aussage nur das Messer und nicht auch schon das Taschentuch?«

Ueber das dumme Gesicht des Burschen glitt bei dieser Frage ein schlaues Lächeln: »Das mochten die Herren vom Gericht erst bei der Haussuchung finden, das war besser.«

»Von wem bist Du zu diesem nichtswürdigen Plane abgerichtet worden?« wandte sich der Vorsitzende von Neuem an Gustav und brachte mit dieser Frage nur einen Gedanken zum Ausdruck, der in allen Anwesenden lebendig geworden war. Dieser beschränkte, einfältige Mensch konnte nimmermehr aus eigenem Kopfe einen solchen Anschlag gesponnen haben! –

Der junge Bursche blickte ganz verwundert drein, entweder hatte er die Frage nicht verstanden, oder er stellte sich nur wieder noch dümmer, als er wirklich war; erst als der Vorsitzende seine Frage mit etwas anderen Worten, um sich noch deutlicher zu machen, wiederholt hatte, antwortete er ganz entschieden: »Niemand hat mir geheißen, was ich sagen und wie ich's anfangen soll. Die Meisterin that mir zu leid und sie ist immer so gut zu mir gewesen, da dacht ich: du wirst ihr helfen und da kannst du auch gleich dem Wilhelm ein's an's Bein geben.« Das sonst so stumpfsinnige Gesicht des Burschen erhielt dabei wieder einen hämischen Ausdruck.

»Deine Meisterin weiß natürlich, daß Du die Unwahrheit gesagt hast?« forschte der Vorsitzende vorsichtig weiter; er wollte den Burschen nicht gleich stutzig machen, der für seine Meisterin eine solche Anhänglichkeit an den Tag legte.

»Ach, kein Gedanke!« sagte Gustav mit großer Entschiedenheit. »Das mußt' ich doch für mich behalten!« und wieder spielte ein schlaues Lächeln um seine dicken, aufgeworfenen Lippen.

»Bekenne lieber die volle Wahrheit!« ermahnte der Vorsitzende. »Von wem bist Du bestochen worden und was hast Du für Deine Aussage erhalten?«

Wie forschend auch die Augen des Gerichtsbeamten auf dem jungen Burschen ruhten, derselbe ließ sich nicht einschüchtern und mit großer Sicherheit, ja mit einem gewissen Trotz antwortete er: »Ich bin von Niemandem bestochenworden, ich hab' auch gar nichts verlangt und nichts bekommen.«

»Hat Frau Reimann nicht mit Dir darüber gesprochen und den Wunsch geäußert, Du möchtest ihren Verlobten retten?«

»Da hat sie gar nicht daran gedacht,« entgegnete Gustav mit einem Tone, in dem sehr viel Aufrichtigkeit lag. »Ich hab' ihr nur gesagt, ich würd' schon noch den richtigen Mörder herausbringen; aber sie war viel zu betrübt und hat gar nichts darauf erwiedert. Wenn Sie aber denken, daß meine Meisterin mich dazu abgerichtet,« fuhr der junge Bursche mit großer Wärme fort, »dann thun Sie ihr himmelschreiend unrecht, die ist ganz unschuldig, die weiß kein Wort von der Geschichte, das können Sie mir wirklich glauben, und ich will nicht selig werden, wenn es nicht wahr ist!« Er hob zur größeren Betheuerung, wie zum Schwur die rechte Hand in die Höhe und im Eifer, die Unschuld seiner Meisterin darzulegen, veränderte sich merkwürdig sein ganzes Wesen. Alles Beschränkte, Stumpfsinnige schien aus dem Gesicht verschwunden; die sonst so ausdruckslosen Augen leuchteten und seine Worte, seine Bewegungen erhielten ein ganz anderes Leben.

Es blieb doch ein seltsamer, eigenthümlicher Bursche, der aus Schwärmerei für seine hübsche Meisterin nicht davor zurückgeschreckt war, seine eigene Mutter und seinen Bruder in's Verderben zu stürzen. –

Gustav beharrte mit großer Entschiedenheit auf seiner jetzigen Aussage und die Gerichtsverhandlung mußte endlich abgebrochen werden.

Wenn die Angeklagten gehofft, nun nach dem Bekenntniß Gustavs gleich in Freiheit gesetzt zu werden, hatten sie sich geirrt. Der Wahrspruch der Geschworenen war einmal vorhanden, der Gerichtshof mochte nun freilich nach diesen Ergebnissen keine bestimmte Strafe feststellen, aber die Verhandlung mußte doch erst von Neuem beginnen, ehe eine völlige Freisprechung der Hauptangeklagten erfolgen konnte.

An dem jungen Burschen scheiterte alle Inquirirkunst. Wohl gab Gustav bis in die kleinsten Einzelnheiten darüber Auskunft, wie er es angefangen, um auf seinen Bruder den Verdacht zu wälzen; er bekannte reumüthig seine Schuld; aber er war durch nichts zu einem Bekenntniß zu bewegen, daß er von seiner Meisterin oder irgend einem Dritten zu diesem abscheulichen Anschlage geworben worden. Hoch und theuer versicherte er stets, daß er allein den Gedanken gehabt habe und die Meisterin ganz unschuldig sei. Alle Bemühungen, ihn auch in diesem Punkte zu einem Bekenntniß zu bringen, scheiterten an dem unerhörten Starrsinn des Burschen, und dennoch war der Untersuchungsrichter davon beinahe überzeugt, daß der Plan nicht aus Gustavs Kopfe entsprungen. Bei seiner geistigen Beschränktheit schien dies fast unmöglich, dazu war die Sache doch zu schlau und raffinirt eingefädelt worden.

Frau Reimann leugnete freilich bei ihrer demnächstigen Vernehmung mit vornehmer Ruhe jede Beeinflussung ihres Lehrlings ab. Sie gestand nur zu, daß sie ihm den Auftrag ertheilt habe, nach Zeugen zu forschen, die vielleicht bekundeten, daß Otto Baumgarten in jener verhängnißvollen Nacht nicht in der Nähe des Thatortes gewesen sei, und das habe Gustav ihr auch versprochen. Sie habe nicht die leiseste

Ahnung von dem schlimmen Plane gehabt, denn als er endlich heimgekehrt sei und ihr seine Mittheilungen gemacht habe, sei er schon vorher auf dem Gericht gewesen, um dort seine Anzeige zu machen.

Die junge Frau zeigte dabei die ganze Ruhe eines guten Gewissens und sie verrieth doch bei ihrer Vernehmung einen seelischen Adel, der solch eine gemeine heimtückische Handlung völlig ausschloß. »Ja, ich liebe Otto tief und innig,« sagte sie mit bewegter Stimme und seltsam leuchtenden Augen, »ich war namenlos unglücklich über seine Gefangennahme, aber um einen solchen Preis hätte ich nimmermehr seine Freiheit erkaufen mögen! Hätte ich ahnen können, daß der arme, beschränkte Bursche zu einem solch schändlichen Mittel seine Zuflucht nehmen würde, hätte ich ihn davon zurückgehalten.«

Eine Urheberschaft an dem schändlichen Plane konnte Frau Reimann nicht nachgewiesen werden, da auch Gustav hartnäckig dabei verharrte, daß er ganz allein auf den Gedanken gekommen sei und seine Meisterin auch nicht das Mindeste davon gewußt habe.

Daß Frau Hammerschmidt und ihr ältester Sohn den Fleischermeister Reimann nicht ermordet hatten, darüber konnte jetzt wohl kaum noch ein Zweifel herrschen; auch Otto Baumgarten's Alibi war erwiesen, obwohl die öffentliche Meinung auf ihn wieder zurückgriff und sich die allgemeine Ansicht geltend machte, daß trotz alledem Niemand anders als der junge Mechanikus der Mörder Reimann's sei.

Wo blieb aber jede Spur von dem Ermordeten? Alles noch so sorgfältige Forschen nach der Leiche des Fleischermeisters hatte nicht den mindesten Erfolg. Es schien, als ob den Vorfall ewige Nacht bedecken solle – da erhielt Frau Reimann nach einiger Zeit aus New-York einen Brief. Sie wußte nicht, wer ihr von da drüben Mittheilungen zu machen habe; die Handschrift kam ihr bekannt vor – sie öffnete und – die sonst so beherzte Frau stieß einen lauten Schrei der Ueberraschung aus; – es war ein Brief ihres Mannes, den sie in den zitternden Händen hielt. Der für todt, ja für ermordet gehaltene Mann schrieb:

>»Liebe Wilhelmine!

Du wirst Dich sehr wundern, daß ich nicht mehr wieder gekommen bin; aber Dein Mechanikus läßt mir ja keine Ruhe mehr, ich fürcht' mich vor ihm, wenn er mich mit seinen dunklen Augen ansieht, überläuft mich's eiskalt. Da dacht' ich, es ist das Beste, du gehst ihm ganz aus dem Wege. Ich hab' schon früher einmal nach Amerika gewollt, denn ein Vetter von mir, auch ein Fleischer, ist hier heidenmäßig reich geworden, und seit der dummen Geschichte mit Deinem Mechanikus war's ja gar nicht mehr zum Aushalten. Muß auch der Mensch wieder kurirt werden, nachdem er schon todt ist! Das ist noch gar nicht dagewesen. Jetzt magst Du nun machen, was Du willst, jetzt bin ich gar nicht mehr so gegen das Scheiden. Ich war ja recht dumm, daß ich mir die Geschichte gar so zu Herzen genommen hab', aber ich bin nur froh, daß ich so klug war und heimlich fortging, denn sonst war mir doch mein letztes Lied gesungen. Nun kannst Du's halten, wie Du willst. Wenn Du nachkommen willst, gut, da soll mich's freuen, wenn nicht, werd' ich mir auch nicht das Bein ausreißen, dann lassen wir uns scheiden, dann mag die ganze Wirthschaft drüben verkauft werden, aber das ganze Geld verlang' ich, das muß mein bleiben, denn ich bin nicht schuld an der Scheidung. Mir geht's hier schon recht gut. Hier sind noch Geschäfte zu machen, besonders für einen Fleischer. Also überleg' Dir's und schreib mir bald Antwort. Grüß' mir alle Bekannten. Wie die sich wundern werden! Das haben sie mir doch nicht zugetraut. Ja, ich bin weit klüger, als ich ausseh', und wenn Du auch klug sein willst, dann kommst Du mir nach, denn hier kann ich ein hübsches Geld zusammenschlagen, denn so viel verdient Dein Mechanikus vielleicht nicht in einem Monat, als ich an einem Tage. Das magst Du Dir überlegen, und dann denk' ich, wirst Du wohl wissen, was das Klügste ist.

Viele Grüße und schreibe mir ja recht bald.
Dein *Andreas*.«

Da war der Schleier von dem düsteren Geheimniß plötzlich hinweggerissen und Alles erklärt! – Woran Niemand im Traum gedacht, was Keiner für möglich gehalten hätte, der Meister Andreas kannte, war geschehen. Der sonst so beschränkte, geistig unbeholfene Mann hatte sich plötzlich über den Ocean gewagt und in aller Stille seinen Plan ausgeführt. Es klang wie ein Märchen! Eine kindische übertriebene Furcht mußte sich seiner bemächtigt und ihn plötzlich aus seinem bequemen Hindämmern gewaltsam aufgerüttelt haben.

Und dennoch war gar kein Zweifel möglich. Je länger Frau Reimann diese Schriftzüge prüfte, je mehr überzeugte sie sich davon, daß sie wirklich von ihrem Manne herrührten, daß sich nicht irgend ein Anderer einen schlechten Scherz mit Abfassung dieses Briefes gemacht habe. Wer hätte auch sollen dort in Amerika in Dinge eingeweiht sein, die bis vor Kurzem selbst in der kleinen Stadt Niemandem weiter bekannt waren. –

Welch' seltsame Empfindungen bewegten nach dem Lesen dieses Briefes die Seele der jungen Frau! Sie begriff sich selbst nicht, daß sie an der Seite eines solchen Mannes leben gekonnt, ohne nicht vor Schmerz und Scham zu vergehen. Der Brief ihres Mannes zeigte ihr deutlicher als je die tiefe Kluft, die sie für immer von ihm trennte. Sie schwankte keinen Augenblick! – Lieber das bescheidenste Dasein an der Seite ihres Otto, als das behaglichste Leben mit einem Manne, der ihr Herz unausgefüllt ließ.

Frau Reimann begrüßte das wunderliche Schreiben auch deshalb mit großer Freude, weil es die letzten dunklen Schatten zerstreute, die vielleicht noch immer auf Otto Baumgarten ruhten und weil es auch der armen Frau Hammerschmidt und ihrem Sohne die Freiheit wiedergab, die noch immer im Gefängniß zurückgehalten wurden, da die Sache noch einmal zur Verhandlung kommen mußte.

Auch das Gericht konnte an der Echtheit des Briefes nicht zweifeln und die dunkle Mordgeschichte hatte damit ihre Endschaft erreicht. Wilhelm Härling und seine Mutter hatten sich zwar noch wegen des Diebstahls bei dem Pfarrer zu verantworten, aber sie kamen mit einer ziemlich gelinden Strafe fort, und da ihnen die frühere

Untersuchungshaft angerechnet wurde, waren sie von jeder weiteren Gefängnißhaft befreit.

Gustav Hammerschmidt dagegen hatte für seine falsche Denunciation noch mehrere Wochen länger zu büßen, und als er endlich entlassen wurde, mochte er nicht länger in seiner Vaterstadt bleiben. Kaum hatte er davon gehört, daß sein Meister in Amerika sei, äußerte er ein heftiges Verlangen, ebenfalls dorthin zu gehen, und Frau Reimann, die von der freilich sehr bedenklichen Anhänglichkeit des Burschen doch gerührt worden, gab ihm die nöthigen Mittel zu seiner Uebersiedelung, und wirklich wurde Gustav dort von seinem Meister mit offenen Armen empfangen. Sie mochten wohl etwas Wahlverwandtes herausfinden. Gustav Hammerschmidt schrieb später, daß sein Meister mit ihm sehr zufrieden sei und er sich so viel Geld sparen wolle, um auch ein Geschäft zu errichten und dann als reicher Mann einmal zurückzukehren, und nach dem alten Sprüchwort dürfte ihn wohl das Glück begünstigen und seine kühnen Träume wahr machen.

Die Trennung der Reimann'schen Ehe erfolgte nun ziemlich rasch, freilich für die Liebenden noch langsam genug. Otto Baumgarten erhielt eine gute Stellung in einer Fabrik der Residenz und konnte endlich nach schweren harten Kämpfen seine Geliebte als Gattin heimführen. Jetzt erst wußte die junge Frau, welches Glück, welch' reine Befriedigung die Ehe zu gewähren vermag, wenn sie gleichgestimmte Herzen und Seelen umschließt.